배낭 하나와 낡은 운동화

배경숙(시인·소설가·여행기고가)

부산 출생으로 1991년 『창조문학』에 시, 2008년 『문학나무』에 중편 〈또미이야기〉로 소설 부문 추천 작가로 등단했다. 시집 『멀리서도 보이는 이별』, 『오늘 네 눈은 비와 같다』, 『내 살의 회오리』, 『네가 내게 아름다운 날』, 『사랑할 때 섬이 된다』, 『내 영혼의 살풀이』, 『흑염소 또는 항아리』, 『꿈은 가면을 쓰고』, 『배낭 하나와 낡은 운동화』 등이 있으며 한국시인협회, 한국소설가협회 회원으로 시인·소설가·여행기고가로 활동 중이다. * 613bks@hanmail.net

배낭 하나와 낡은 운동화
배경숙의 시로 떠나는 세계 여행

초판 인쇄 | 2015년 3월 17일
초판 발행 | 2015년 3월 21일

지은이 | 배경숙
펴낸이 | 신현운
펴낸곳 | 연인M&B
기 획 | 여인화
디자인 | 이희정
마케팅 | 박한동
등 록 | 2000년 3월 7일 제2-3037호
주 소 | 143-874 서울특별시 광진구 자양로 56(자양동 680-25) 2층
전 화 | (02)455-3987 팩스 | (02)3437-5975
홈주소 | www.yeoninmb.co.kr
이메일 | yeonin7@hanmail.net

값 12,000원

ⓒ 배경숙 2015 Printed in Korea

ISBN 978-89-6253-164-0 03810

배경숙의

배낭 하나와 높은 운동화

시로 떠나는 세계 여행

연인M&B

십여 년 동안 써 온 여행 시를 묶으면서 짧지 않은 지난 시간에게 가끔 질문을 던질 때가 있었다.

"왜 나가고 싶어 하는 거야? 그것도 거친 곳으로."

"여행은 마법 같은 거지."

머나먼 길을 함께한 긴 여정이 저쪽 어디에 서 있을 소실점에게 나보다 먼저 속삭였다.

"낯선 길에 푹 빠지고 싶었고 더 깊숙이 들어가 보고 싶었어."

나는 그냥 그렇게 대답하려 했다.

"여행이란 새로운 세상으로 들어가는 고독한 모험이지."

잠시 후 다음 여정이 설레는 눈빛으로 한마디 더 했다.

여행 중 카메라 조작 잘못으로 기껏 부지런히 찍어 놓은 사진을 망쳐 버린 적이 몇 번인지, 인도 중북부 다람살라, 마날리와 티베트와 영국 코스 사진이 난감하게 되어 늘 아쉬움으로 남는다. 마날리와 바라나시 사진은 재리투어의 최린 씨 사진으로 대신할 수 있어 다행스럽게 생각하고 감사한 마음을 전한다. 단평을 써 주신 분들에게는 물론 주위의 모든 분들께도 진심으로 감사한다.

2015년 새봄
배경숙

차
례

시인의 말_ 05

1. 인도

까르둥 라 · 누브라 밸리 1 _ 14

칼사르 · 누브라 밸리 2 _ 16

디스킷을 지나며 · 누브라 밸리 3 _ 17

훈두르 · 누브라 밸리 4 _ 18

수모르 · 누브라밸리 5 _ 19

꿈꾸는 사람들 · 누브라 밸리 6 _ 20

극낙과 지옥 · 누브라 밸리 7 _ 21

사람이 산다 · 누브라 밸리 8 _ 22

알치 가는 길 · 라다크 1 _ 32

알치 · 라다크 2 _ 33

판공초 · 라다크 3 _ 34

틱세 곰파 · 라다크 4 _ 35

창스파 자그마한 둑길 · 라다크 5 _ 36

로탕 패스 · 마날리 1 _ 42

빙하 · 마날리 2 _ 44

마니단 · 다르질링 1 _ 50

림빅에서 마니반장까지 · 다르질링 2 _ 52

돌 깨는 아이 · 다르질링 3 _ 53

붓다 · 다르질링 4 _ 54

히말라야 네가 그립다 · 다르질링 5 _ 56

이름 없는 죽 · 다르질링 6 _ 57

티베탄 꼴로니 · 다르질링 7 _ 58

꼴까따 · 다르질링 8 _ 59

스카이 호텔 일출 · 다르질링 9 _ 60

망향의 노래 · 다르질링 10 _ 61

타이거 힐 · 다르질링 11 _ 62

시킴 주 · 갱톡 1 _ 72

엔체이 곰파 · 갱톡 2 _ 73

질문과 대답 · 바라나시 1 _ 76

목욕 · 바라나시 2 _ 77

마니까르니까 가트 · 바라나시 3 _ 78

화장터 · 바라나시 4 _ 79

성수 · 바라나시 5 _ 80

그곳 · 바라나시 6 _ 81

질문 · 바라나시 7 _ 82

혹시나 · 바라나시 8 _ 83

왜 · 바라나시 9 _ 84

아픈 날 · 바라나시 10 _ 85

옥상 수업 · 바라나시 11 _ 86

시장 풍경 · 바라나시 12 _ 87

세 마리 소 · 바라나시 13 _ 88

성자 · 바라나시 14 _ 89

소똥 예술 · 바라나시 15 _ 90

철학자 · 바라나시 16 _ 91

강가 강은 흐르고 · 바라나시 17 _ 92

죽음 · 바라나시 18 _ 93

신화 · 바라나시 19 _ 94

가난한 사람들 · 바라나시 20 _ 95

그 아이 모습으로 · 바라나시 21 _ 96

겁이 나 · 바라나시 22 _ 97

디아 · 바라나시 23 _ 98

기억 · 바라나시 24 _ 99

2. 부다

첫발을 떼다 · 룸비니 _ 108

깨달음을 얻다 · 부다가야 _ 109

첫 설법을 하다 · 사르나트 _ 110

대지에 몸을 누이다 · 쿠시나가라 _ 111

3. 네팔

당신을 생각할 것입니다 _ 122

파슈파티나트 _ 123

치트완 국립공원 _ 124

파탄의 시간은 한가로이 흐른다 _ 125

가벼운 여행자 _ 126

룸비니 가는 길 _ 127

국경을 넘다 _128

히말라야 첫날 _ 129

일몰 _ 130

눈 속에 피는 꽃 _ 131

푼힐 전망대 _ 132

샹그릴라를 향해서 _ 133

나무 때는 난로 _ 134

하산 _ 135

진짜 고수 _ 136

4. 티베트

무엇이 티베트를 _ 152
라싸 _ 153
니 치마 _ 154
슬픈 티베트 _ 155
평화의 언저리 _ 156

5. 포클랜드

전쟁은 끝났는가 _ 166
스텐리에 오다 _ 167
남극 하늘 _ 168
펭귄 _ 169
카라카라 _ 170
깊은 블루 _ 171
절벽 _ 172
갈색도둑갈매기 _ 173
바다의 약탈자 _ 174
색의 예술 _ 175
서풍 _ 176

6. 칠레

완강한 아름다움 · 산 페드로 데 아타카마 1 _ 184

우유니 사막 · 산 페드로 데 아타카마 2 _ 186

존재의 의미 · 산 페드로 데 아타카마 3 _ 187

무한한 힘과 시간, 공간에 대하여 · 산 페드로 데 아타카마 4 _ 188

라구나 베르데 · 산페드로 데 아타카마 5 _ 189

산 페드로 오아시스 마을 · 산 페드로 데 아타카마 6 _ 190

7. 페루

마추픽추 가는 길 _ 202

나스카 _ 203

8. 아르헨티나

이구와수 폭포 _ 214

배낭 하나와 낡은 운동화 _ 215

단평

공광규 · 김호운 · 오만환 · 유양휴 · 임윤식 · 차한수 · 편부경 _ 222

1

인도

누브라 밸리 · 라다크 · 마날리 · 다르질링 · 갱톡 · 바라나시

까르둥 라*
—누브라 밸리* 1

인도 북부 레에서 또
곡예 같은 몸놀림으로 위태로운 산의 고도를 급상승하면
무려 해발 고도 오천육백육 미터
세계에서 가장 높은 자동차 도로가 나온다
눈의 거처, 히말라야가 천상의 근원쯤일 테고
산양이나 다닐 수 있었던 그곳에 이르면
성문연각 같은 땅이 열려 있을 거라 생각했다
애초에 높은 고개와 깊은 계곡을 왕래한 것은
신에 귀의한 자만이 갖는 생사를 초월한 영혼
풍부한 폐활량과 인내력으로 구축된
티베트 상인이었다
자동차 도로를 낼 문명도 힘겹기는 마찬가지였다
칼날을 무수히 박아 놓은 듯한 산비탈 위로
자동차 암벽등반은 무리라느니
고지여서 휘발유가 연소될 수 없다느니
많은 가설 위에
정작 바위 칼날에 목이 댕강 잘리고 마는
바위 사태라는 것이 도처에서 끊임없이 일어났다
천상의 이미지와 엄청 거리가 먼
불길한 일화를 실은 지상에서 가장 높은 도로는
비경의 티켓을 펄럭이며 누브라 밸리로 통하고 있다

* 레에서 누브라 밸리로 가기 위해 넘는 고개.
* 인도 북부 히말라야 고산지대에 위치한 레에서 출발하는 환상적인 황량한 계
  곡. 중국과 국경을 마주하고 오지 중의 오지로 1990년 중반 개방되었다.

칼사르*
—누브라 벨리 2

사람들은 요지부동의 면적을 갖고 있는 저 거친 땅에게
어떤 적의를 품지도
생활에 아무것도 주지 않는 것에도 안달하지 않았다
무명의 대지는 언뜻언뜻
멀리 산양 떼가 일으키는 먼지로 보이기도 하고
몇몇 야크의 모습으로
한 무지 경문처럼 무한한 양의 말을 건네기도 했다
메마르고 광대한 황야 저편에
홀연히 나타나는
원뿔 모양의 빛나는 점 혹은 그림자
그것은 승려의 유골과 신변불구를 묻고
돌과 점토로 오층탑을 쌓은 뒤 석회가루로 바른 것이었다
흰 점경을 볼 때마다 생각했다
저곳에 영혼이 하나
이쪽을 보고 있는 것은 아닐까
부신 듯 눈을 가늘게 뜨고 바라볼 뿐이었다

* 누브라 밸리 첫 번째 마을.

디스킷*을 지나며
─누브라 밸리 3

회백색 산 너머에 산이
깎아 세운 계곡 저편에 계곡이
절벽을 오르면 또 바위벽이
거대한 쇠발톱이 할퀴고 쥐어뜯은
지옥의 모퉁이를
돌연 한쪽 바퀴가 길 끝에 걸리면서
튀어나간 돌멩이가 어두운 심연으로 떨어졌다
소리없이 일어나는 뿌연 먼지
산맥은 장대하게 깎아 세운 낭떠러지 면을
일직선으로 비스듬히 구름 속에 찔러 넣고
지각변동으로 융기한 수천여 척의 단층을
모질게 패인 깊은 주름으로 뒤덮었다
고도와 피로와 졸음의 길고 긴 여정은
건조하고 수척해진 공기로
몽롱해진 동공으로
얼얼해진 정신과 엉덩이로 버티면서
밀도를 갖지 않은 유백색 입자로 떠돌고 있었다

* 누브라 밸리 두 번째 마을.

훈두르*
―누브라 밸리 4

오지의 환상과 낙원의 아름다움
사막과 초원, 설산이라는
전혀 다른 이미지가 절묘하게 어우러진 계곡
작열하는 태양을 열광하는 신비로운 작은 마을이
고도장애로 지쳐 가는 내게 푸후후 숨 쉬기를 자극했다
여름 한철 잠시 잠깐 마을을 수놓은 풀꽃들은
눈과 빙하를 녹인 개울과 작은 초원을 밀어올려
그림처럼 움직였고
염소수염의 스페인 사내와 캐나다 여자는
걷거나 쉴 때나 차에서 내리거나 앉거나
핏줄이 튀어나온 근육 같은 산맥을
길게 끌어당기며 타고 내리듯 나비처럼 나풀거렸다
부드러운 몸짓과 가라앉은 숨결은 조용하고 뜨겁게
하늘을 찌르는 히말라야 꿈속으로
지구상의 모습이라고는 상상할 수 없어……
쌍봉낙타를 타고 어슬렁거리는 나의 연출도
저들 이국인 동행의 언어 못지않게
고산을 훌쩍 넘어선 싱그러움으로 하여
열기에 찬 춤을 추고 있었다

* 누브라 밸리 세 번째 마을.

수모르*
―누브라 밸리 5

고지의 굴절 없는 햇빛에 직사되어
찬연히 말라붙은 채
이름을 갖지 않은 침묵한 땅이 도처에 있었다
생물은커녕 피도 눈물도 습기도 없이
자신은 땅 자체이고
그 밖의 아무것도 아님을 주장하고 있었다
자명하게도 어떤 감춰진 수수께끼도 없어 보였다
생각이 궁한 불언한 황야
아무런 소리도 들리지 않는
검고 차가운 감청색이 깊고 공허했다
기쁘지도 슬프지도 않은 허공처럼
나란히 가로누워 있었다
눈부신 공백 뒤에 나타난 장대한 땅의 역사는
빙하가 말라붙은 백만 년 전의 시간 감각까지도
빼앗아 버렸다

* 누브라 밸리 다섯 번째 마을.

꿈꾸는 사람들
─누브라 밸리 6

흡사 태양 속의 고도 같은 한쪽 귀퉁이 고지에도
짧은 여름 동안 빙하 녹은 물이 녹지를 만들어
시월에는 황금빛 보리를 거두어들인다
곧바로 주변 민둥산에 눈 내리는 겨울이 닥치고
환영처럼 사라진 녹지대는 물론 세상만사 얼어붙는다
사람들은 움막에 틀어박혀
오로지 유월의 신록을 기다린다
핏줄마저 얼지 않기를
보릿가루 한 줌으로
자신의 체온만을 보존한 채
옴마니반메훔 단조로운 경을 외며
마니차를 돌리며
빙하가 녹기만을 베갯머리에서 꿈꾸는 것이다

극락과 지옥
-누브라 밸리 7

여름이 다 갈 무렵
난청과 코피와 장염에다 망상벽까지 동원해서
인도의 변방 초건조 지역
생명이 깃들일 만한 습기조차 없는 자갈땅으로 날아갔다
찬 기운이 발목에 잡힐 때쯤이라
육로가 막힐 것을 대비해
굼뜬 여행객들도 떠나가고 있었다
혹한의 계절은 금방 들이닥칠 것이고
경전 속에 설파된 사후 세계의 동경처럼
극단적으로 상반되는 풍경 속 모습으로
고와 낙의 형태를 닮은 걸음걸이로
불모의 땅은 터벅터벅 걸어가고 있었다
지옥과 극락의 상념은
생명이 깨어 있는 여름과 지독히도 가혹한 겨울
두 계절의 삶 속에서 강요되고 반복되고 있었다

사람이 산다
—누브라 밸리 8

자동차 네 바퀴가 낭떠러지 바위에 붙어서
요란한 소리를 내지르며
급커브를 돌며 연기와 먼지를 토하면서
쨍쨍한 햇빛 속 자갈길을 달리고 있었다
뜨겁게 달궈진 연봉들에 둘러싸인 골짜기
거기 눈꼽처럼 낀 부채꼴 형태로 기생하는
녹지가 나타나고……
초록의 양만큼 인간의 삶이 깃들어 있다는 증거였다
지독하게 건조한 자갈평지와 돌무지쯤에서
드문드문 움직임이 눈에 들어왔다
깎아지른 강파르고 메마른 민둥산에
겨우내 눈이 쌓이는 한
엎드리고 움츠리며 끈질기게 여름을 기다리며
빙산이 녹아 물이 공급되고
식물이 깨어나고 사람이 산다

아무런 소리도 들리지 않는
검고 차가운 감청색이 깊고 공허했다
기쁘지도 슬프지도 않은 허공처럼
_시 〈수모르 · 누브라 밸리 5〉 중에서

오지의 환상과 낙원의 아름다움
사막과 초원, 설산이라는
전혀 다른 이미지가 절묘하게 어우러진 계곡
_시 〈훈두르 · 누브라 밸리 4〉 중에서

옴마니반메훔 단조로운 경을 외며
마니차를 돌리며
빙하가 녹기만을 베갯머리에서 꿈꾸는 것이다
_시 〈꿈꾸는 사람들 · 누브라 밸리 6〉 중에서

거기 눈꼽처럼 긴 부채꼴 형태로 기생하는
녹지가 나타나고……
초록의 양만큼 인간의 삶이 깃들어 있다는 증거였다
_시 〈사람이 산다 · 누브라 밸리 8〉 중에서

알치 가는 길
—라다크 1

저마다 가야 할 곳이 있었다
신의 축복을 비는 농부의 발원도
뱃속 깊은 장사꾼도
목적지를 모르는 아기의 무심한 여행도
떠도는 성자의 정처 없는 발걸음도
여행을 나서는 떠들썩함 위로
세속의 옷 속에 감춰진 환상이 또렷이 드러났다
옅은 안개가 세찬 바람과 함께했고
햇살은 천공에 드리운 적막과 짝을 이루며
지상의 마지막 공기처럼 내리꽂혔다
바위들은 같은 모양의 그림자를 드리우고
같은 속도로 기묘하게 창밖을 스쳐 지나갔다
시꺼먼 연기를 내뿜는 차체가
격렬한 진동을 받아 삐걱거릴 때마다
진로를 가로막는 산악 상부가 보였다
건조하다 못해 쩍쩍 갈라진,
거칠고 황량한 풍경을 관통하는
불가사의한 진동 속에 사람들은 다만 침묵했다
태고의 공룡처럼 거칠게 육박하는 절벽을
가만히 바라보고 있었다

알치
—라다크 2

설산과 고원의 사막
작은 개울과 사과나무 그늘과 풀꽃
전통가옥 이층집의 삐걱이는 소리와
그 속에서 서식하며 밤마다 습격하는 빈대들
대기권 안쪽이 아닐지도 모른다는
밤하늘의 별무리까지
어떤 몽상가도 상상하지 못했을
극단의 조화, 극단의 색채
극적인 아름다움 그 무엇이었다
인더스 강의 거센 황토 물결에 걸린
철다리를 지키는 원주민과
수줍게 빨래하던 남자 몇도
따가운 볕이 품은 단단한 빛의 일부였다
카슈미르풍의 벽화 탕가가
천년 세월 알치 곰파 깊숙이 자리를 잡은 덕에
이슬람의 말발굽을 피해 갔다는
아슬아슬한 역사까지도

판공초
-라다크3

상상을 자극하는 뭔가가 유난히 황량해져서야
무섭도록 지루한 허를 찌르는 공허한 배후
육천만 년 동안 홀로 진화해 온
창 라의 압도적인 풍경은
진공상태의 허무적인 높이에서
장대한 세월
처연한 정적조차 소외된 것처럼 보였다
거친 땅을 여행하는 자의 의식을 구제해 줄
정신의 혹은 육체의
전혀 상관없는 생각을 하기 위해
미동도 하지 않는 자갈밭 평지나 호수의 표피
칼 무더기 같은 저편 산을 바라보는 것이 아니라
아무것도 없는 풍경을 골랐을 뿐이었다

틱세 곰파
—라다크 4

세계와 결절된 고지에 가면
의표를 찌르거나
신통력을 갖춘 선인을 만난다거나
스님들에게 보통 사람이 아니게 해 달라는
선열한 삶의 기운을 기대하게 된다
기후와 풍토도 예사롭지 않은 만큼
힘들게 찾아온 기도 같은 바람으로
인간으로서 발치에도 못 미치게 훨씬 대단한
품종 차이를 기대했다면 민폐였을까
요새같이 우뚝 솟은 성역으로 오르는 길은
쨍쨍 내리쬐는 햇살과 급경사의 고도로
걸음걸음 지독한 고행이었다
계단 귀퉁이 짧은 그늘에서 만난
한쪽 어깨를 내놓은 주황색 승려복 스님은
적막감의 실체처럼 간결해 보였다
방에서 차와 비스킷을 대접받고 일어서는 순간
내심 언젠가 다시 와서
'따뜻한 털옷을 선물해야지' 기약 없는 다짐을 했다
황금 미륵불의 강력한 에너지와 따뜻한 미소와
인간이 지닌 신성한 어리석음과
한 번쯤 제대로 대결해 보고 싶었던 것일까

창스파 자그마한 둑길
—라다크 5

압도적인 청빛 하늘나라로 통하는
지극히 평범한 한 줄기 길이 있었다
나선을 그리며 극락으로 오를지도 모르는……
기도하듯 터벅터벅 걸어가면서
돌무지 위에 작은 돌 하나 올려놓았다
사람 모습이 보이는 부락을 벗어나
세찬 산맥 바위산 너머로 집들을 지워 갔다
아련한 형체 너머
빛과 땅 사이에서 휘적휘적 걸어가는
물결치는 경 하나
적막과 투명한 빛과 부드러운 바람이었다
적당한 돌에 앉아
또 한 번 여행을 끝내는 안도감 속에서
어느 순간 꿈을 꾸었다
다홍빛을 머금은 새벽 햇살 사이로
푸른 보리밭이 유난히 도드라져 보였다

왕도인 청빛 하늘나라로 통하는
지극히 영험한 한 줄기 길이 있었다
나선을 그리며 극락으로 오를지도 모르는……
—시 〈창스파 자그마한 뒷길 · 라다크 5〉 중에서

저마다 가야 할 곳이 있었다
신의 축복을 비는 농부의 발원도
뱃속 깊은 장사꾼도
_시 〈알치 가는 길·라다크 1〉 중에서

철다리를 지키는 원주민과
수줍게 빨래하던 남자 몇도
따가운 볕이 품은 단단한 빛의 일부였다
_시 〈알치·라다크 2〉 중에서

로탕 패스
―마날리 1

영겁만큼 막연히 펼쳐진 산기슭에서
세계의 형상이 만들어지기 전
의미가 벗겨져 나간 색체의 한순간이
꽃들의 계곡을 흔들고 있었다
아득한 과거
하나의 생명이 태어날 무렵
이미 가죽과 살의 텅 빈 틈새기에 주입된
얼음처럼 차고 희박한 미풍이 흘렀다는
꽃무리의 경계는 보이지 않았다
그 물결은 현실을 외면한 채
여름 한철 잠시 잠깐 눈을 덮던 빙하를 지우고
안개 짙은 설산 그림자가 기울도록
보랏빛 또는 분홍빛 지표를 흔들며
소리도 없이 나부꼈다
문득 정신을 차리면
서로 다투며 아우성치는 야생화들이
기쁨의 감정 따위와는 무관한 시선이
해발 사천 미터를 넘어가는 고지의 숨찬 걸음에 멈추어 섰다
히말라야 연봉과
울창한 전나무 숲을 뛰어넘던 차가운 기류는
깊고 거침없이 산비탈을 타고 내려와

눈부신 햇빛에 압도되어 완만하고 광대한 평지를 흘렀다

샹그릴라로 가는 지름길을 사흘째 걷고 있었다

빙하
—마날리 2

우기가 끝나가는 팔월 하순
레로 출발하는 날은 유난한 장대비가 쏟아졌다
빙하가 녹아내린 급경사 산비탈 뻘탕 속에서
전세 지프는 기듯이 킬롱까지만 갈 수 있었다
레로 가는 길도
마날리로 돌아가는 길조차 열리지 않고
매일 우박과 눈보라를 맞으며 일주일을 보냈다
불가사의한 위압감을 가지고 반항하듯
날카롭게 하늘을 찌르는 연봉들은
비바람을 맞아 황폐해진 고행승의 뒷모습이었다
검붉은 몸으로 좌선한 채
투쟁하며 군림하는 산악의 황량한 풍경과
마을 근처에 펼쳐진 백설의 향연은
어떤 의지가 대지에 박아 놓은
원통면에 그려진 회전같이 천연덕스러웠다
빙하는 여전히
정감이 희박해진 불모의 산맥 완만한 사면에
깎아지른 절벽에서 꿈틀거리고
히말라야 거대한 공허를 일렁이며
갈 길 바쁜 여로를 위협하고 있었다

빙하는 여전히
정감이 희박해진 불모의 산맥 완만한 사면에
깎아지른 절벽에서 꿈틀거리고
_시 〈빙하 · 마날리 2〉 중에서

레로 출발하는 날은 유난한 장대비가 쏟아졌다
빙하가 녹아내린 급경사 산비탈 뻘탕 속에서
전세 지프는 기듯이 킬롱까지만 갈 수 있었다
　　　　　　　　_시 〈빙하 · 마날리 2〉 중에서

이미 가죽과 살의 텅 빈 틈새기에 주입된
얼음처럼 차고 희박한 미풍이 흘렀다는
꽃무리의 경계는 보이지 않았다
_시 〈로탕 패스 · 마날리 1〉 중에서

마니단
—다르질링* 1

여행 민족인 티베트인들은 그들의 여정과 생애의 가호를 기원하며 타원형의 납
작한 돌에 경문이나 보살의 이름이나 도안을 새겨 단을 쌓고 길을 떠난다.

마니반장에서 산타뿌로*로 오르는 고지
무인지대의 너들 길에서 홀연히 나타난
엉성하게 쌓은 돌담은
가늘고 긴 길을 고의로 가로막고 있었다
시야를 가린 짙은 안개가 살짝 걷히자
마니석에 새겨진 저마다의 글과 그림은
다양한 형상과 색깔로 수런거리고
인간계 아닌 신의 단상에도 속세가 굼틀거리고……
제단 위 돌 하나하나에도 얼굴이 있고 운명이 있었다
단순한 성격의 갈 길 바쁜 돌
중뿔나게 큰 돌의 허세
온후한 느낌의 모서리가 깎여 나간 기도
토사가 내린 쪽은
옴마니반매훔 육자진언이
내동댕이쳐진 길동무를 위해
뒤집힌 발바닥으로 하늘을 우러르고

돌들은 이미 인간의 흔적을 지워 버리고

어둡고 적막한 냉기가 고립된 경문을 밀어 올릴 뿐
칸첸중가*가 어느 쪽인지
그 무엇도 알려고 하지 않았다

* 인도 동북쪽에 위치한 히말라야 고산도시. 차로 유명하다.
  다르질링(해발 2200m)의 명물 토이트레인(Toy Train)은 세계문화유산으로
  1881년 영국인이 다르질링산 차를 우송하기 위해 말들었다. 레일의 넓이가
  61cm에 불과한 협궤열차가 히말라야 숲을 누비며 오르내린다.
* 대부분은 다르질링에서 마니반장으로 지프차를 타고 가서 산닥뿌로로 등정
  한다. 해발 3536m의 히말라야 봉우리다. 칸첸중가를 가까이에서 볼 수 있다.
* 해발 8598m 세계 제2봉으로 동 히말라야 쪽에 있다.

림빅*에서 마니반장까지
―다르질링 2

정해진 정거장도 없다
누군가 소리치면 태워 주고 내려 준다
고물 지프는 앞자리에 네 명
둘째 칸에 네 명
뒷자리는 엉덩이가 공중에 떠도 태운다
기어는 기사 옆에 삐뚤게 앉은 이의
가랑이 사이에서 왔다갔다 한다
짐은 모두 천장에 올려진다
울퉁불퉁 내리막길을 유턴에 유턴
내리 네 시간을 휘돌며 달린다
거미집처럼 금이 쫙쫙 간 앞 유리 너머로
바위를 피하고 작은 개울도 우당탕 건너고
흙먼지는 팍팍 날아간다
요란한 엔진 소리도 시꺼먼 매연도
히말라야 시다 울창한 숲으로 사정없이 내뱉는다
가무잡잡 어린 기사는
어느 산마을에서 받은 땟국에 절은 우유통은
다음 어디에 척 넘겨주고 무슨 보따리도 잊지 않고 전해 준다
전신을 흔들며 전화도 받고 옆 사람과 떠드느라
생기와 미소도 만발이다
죽상이 다된 내 심정도 모르면서

* 산닥뿌로로 올라 이틀 동안 줄기차게 걸어서 하산하면 이 도시에서 지프를
  탈 수 있다. 다르질링까지 4시간 이상 걸린다.

돌 깨는 아이
―다르질링 3

인도와 네팔 국경을 오가며
걷고 또 걸어간 산닥뿌로는
목욕은커녕 고산증과 악천후의 진면목을
거침없이 휘둘렀다
칸첸중가를 신처럼 바라보고
구름 위 설산연봉을 뒤로하고
이틀에 걸쳐 하산하는 길
람빅에서 마니반장 거쳐 다르질링 가는 지프는
우당탕 험한 곡예를 쉼 없이 해댔다
비탈진 산의 산중 길가에서
부르튼 손에 들려진 쇠망치로 아이가 돌을 깨고 있었다
엄마도 돌을 깨고
'티브이에서나 보던 장면이다
현실을 깨는 거라면
내일은 세상의 높은 벽을 깨 버리렴'
당혹스런 기도는 먼지바람에 날릴 뿐이었다

잊지 못할 풍경
그 속에 돌 깨는 아이가 있었다

붓다
―다르질링 4

그는 수도승도 구두쇠도 아니었다
낡고낡은 비닐 외투에 밴 바람은
고어텍스 재킷에서는 맡을 수 없는 향기가 있었다
바람을 뚫고 안개를 제치며 히말라야를 오르고
대자연에 압도되고
소박하고 따뜻한 얼굴을 마주하며
함께 산을 내려왔다
닷새 동안의 산닥뿌로 등반 마지막 날
꿈속의 정원 굴둠에서
선계로의 티켓을 거머쥔 신선처럼
신의 거처에서 밀린 목욕과 빨래를 하고
맑고 창창한 공기에 내다 말리고
어설픈 토스트와 탈라*의 초대도 천천히 흘러갔다
도마뱀과 동숙하며 전기가 나간 밤을 촛불로 밝혔다
인도에 사는 티베트 사람이라 소개하는
가이드 붓다
소망을 담은 현세의 주문 같은 이름은
당혹스런 소산과는 달리
평온무사 심경을 얻으라는 크나큰 업인지도 모른다
비록 살이 빠지고 온몸이 쑤시긴 했지만
아쉬움과 연민을 쉬 내려놓을 수가 없었다

트레킹 내내 입고 있던 외투를 벗어 주었다
모자와 마스크와 양말 장갑도 주었다
더 이상 줄 만한 게 없었다
그 사실이 미안했다
마지막으로 쓸모에 닿지 않을 마음을 남겨 두었다
그의 어깨에 걸렸다

* 인도 정식.

히말라야 네가 그립다
―다르질링 5

무엇을 위해 걷는지가 중요하지 않았다

계곡과 절벽과 풀꽃을 보며
다만 산을 걸었다
어디로 갈지
어디서 멈추어야 하는지
알 수 없는 계단 길을 수없이 올랐다
말방울 소리도 함께 가고 있었다
하늘길을 열었다
안개구름 어딘가에 도착해 있었다

이름 없는 죽

―다르질링 6

네팔이나 인도 북부나
저녁나절 두어 시간쯤만 전기가 들어온다
명색이 호텔인데 전기 콘센트라는 것이 하나뿐이다
딸리는 전기 사정은
추위에 떠는 몸살이나 장염보다 훨씬 멀다
요컨대 행동거지가 좀 뻔스러워야
카메라와 핸드폰 충전도 하고
전기 보트에다 뜨거운 물을 끓여
온기를 두 손으로 감싸며
대한민국 황금비율 커피로 여행의 묘미를 즐길 수 있다
피 같은 고추장은 비상으로 아껴 두고
안남미와 감자 양파 계란 당근 콜리플라워는
현지에서 구하고
귀하고 귀하신 한국산 라면 스프를 넣고
잽싸게 전기 보트에다 죽을 끓인다
한없이 행복한 웃음을 짓는다
아, 따뜻하다
머리 아픈 욕심은 잠시 접어 두고
우리 저녁 맛있게 먹자

티베탄 꼴로니*
—다르질링 7

잃어버린 조국의 향수에 젖어 있는 곳
까맣게 그을어 피부에 배인 신비로움만 빼면
그 사람들 우리와 구분이 안 될 정도로 닮은
몽골족이라는 거
불가해한 미소도 살짝 마음에 걸린다
지금은 중국의 한 지방이 된 티베트
망명자에겐 마음대로 갈 수 없는
깊고 무수한 칸이 질러져 있다
갖가지 수제품이 널린 좁은 골목 노천식당에서
뗀뚝*을 먹으며 라싸*를 떠올린다
주변에는 떠돌이 개들이 돌아다니고
냉대에 버려진 난민처럼 누구도 거들떠보지 않는다
개도 스스로 살길을 찾아야 한다
아득하게 먼 히말라야 끝자락에
초연한 영혼이 회녹색 광택을 포개고 있다

우리는 어떤 티베트를 볼 수 있게 될 것인가

* 티베트 난민촌.
* 우리나라 수제비 같은 음식.
* 티베트의 수도.

꼴까따
―다르질링 8

꼴까따에서 다르질링을 향해 고도를 높이며
이틀을 달려갔다
고속 열차 음식은 부패 직전으로
전신에서 알레르기가 최고조의 기승을 부리는가 하면
호텔도 없는 최악의 밤이
뉴 잘패구리 환승역에서 기다리고 있었다
전생인지 팔자인지
다시 내려와서 밟은 땅
우중충한 폐허와 지독한 가난과
낡은 뒷골목을 차지한 개와 오물과……
덥고 더럽고 참혹한 혼돈의 땅 인도 사바세계에서
히말라야에 도달하려면
저 피안의 고지는 불모의 느낌으로 돌아가야 했다

왜 저처럼 숙연하고 순수무구한
하얀 눈 속에 세계를 만드는 선정의 땅이
북인도 그 위쪽에 출연하게 되었을까

스카이 호텔 일출
—다르질링 9

히말라야 연산이 천의 연꽃이라는 것
차가운 허공을 꿰뚫고
세상 모든 운행을 중단한 채
깊은 침묵 속에서 새빨갛게 타오르는
연꽃의 화심에 도달하려면
천수국*이 열릴 것 같은
맑고 청명하고 존엄하고 귀하디귀한 날
새벽 네 시를 넘긴 바로 그 시각
다르질링에서도 가장 높은 고지에 터를 잡은 호텔
오층 옥상에서
동쪽 하늘로 눈길을 옮기기만 하면 된다

* 천상에 있는 나라.

망향의 노래
―다르질링 10

남자는 어제도 그제도
망향심과 동정심을 부추겨 가면서
티베트 땅이 얼마나 감미롭고 신비로운지
공짜 술에 취한 입으로 끊임없이 쏟아내었을 것이다
타향의 그들은
드높은 산봉우리 밑 넉넉한 신의 품속에서
삶의 기쁨을 한껏 누린
너무도 생생한 머나먼 고지를 애절히 그리워하며
취기에 어쩔어찔한 머릿속에 그려보며
자꾸만 그의 술잔을 채워 주고 싶은
충동에 사로잡혔을 것이고……
망향의 노래를 마음속으로 불러들일 뿐
누구도 과장된 거짓말을 탓하지는 않았을 것이다
차가운 신새벽 갱톡으로 가려는 지프 정거장
쓰레기더미에 쪼그리고 앉은 발가벗은 거지는
변덕스러운 풍수에 잔불을 쬐며 떨고 있었다
누군가 덧없는 것의 아름다움을 보여 주는
공짜 누더기를 덮어 주기는 했나 보았다

타이거 힐
－다르질링 11

눈표범*이나 가룽빈가*처럼
고귀한 기분이 드는 이름의 붓다를 또 만났다
호텔 주인장 붓다의 기억 속 찬연한 히말라야는
이제 여름의 도래를 알리기 위해
고지에서 초여름 훈풍을 마을로 내려 보내고
다홍의 옷을 입을 것이었다
사람들은 그 향기를 술잔에 받아
혹한의 계절이 지났음을 기뻐하며 기도하며 춤을 출 것이고……
타이거 힐 전망대 저쪽 하늘은
붓다의 물색없는 소리가 계절을 거꾸로 돌리는 듯
차가운 허공을 꿰뚫고 습하고 무거운 바람을
짙은 안개 사이로 다시 불러들여
저마다 깊은 침묵 속에 고립되어 갔다
에베레스트, 칸첸중가, 로체, 마칼루 봉 모두
거대한 법의 수레바퀴 속에 묻혀 있었다
적막감과 짝을 이룬 천공에 드리운 무상 상태로
모양이 분명치 않은 골짜기를 지상에 열어 두고 있을 뿐이었다

* 히말라야 고지에 사는 은빛 털의 표범.
* 이 지상 삼천세계의 그 모든 소리를 통틀어 가룽빈가를 능가하는 소리는 없
  다고 한다.

망향심과 동정심을 부추겨 가면서
티베트 땅이 얼마나 감미롭고 신비로운지
공짜 술에 취한 입으로 끊임없이 쏟아내었을 것이다
_시 〈망향의 노래·다르질링 10〉 중에서

전생인지 팔자인지
다시 내려와서 밟은 땅
우중충한 폐허와 지독한 가난과
_시 〈꼴까따 · 다르질링 8〉 중에서

덥고 더럽고 참혹한 혼돈의 땅 인도 사바세계에서
히말라야에 도달하려면
저 피안의 고지는 불모의 느낌으로 돌아가야 했다
_시 〈꼴까따·다르질링 8〉 중에서

이제 여름의 도래를 알리기 위해
고지에서 초여름 훈풍을 마을로 내려 보내고
다홍의 옷을 입을 것이었다
_시 〈타이거 힐 · 다르질링 11〉 중에서

히말라야 연산이 천의 연꽃이라는 것
차가운 허공을 꿰뚫고
세상 모든 운행을 중단한 채
_시 〈스카이 호텔 일출 · 다르질링 9〉 중에서

인도와 네팔 국경을 오가며
걷고 또 걸어간 산닥뿌로는
목욕은커녕 고산증과 악천후의 진면목을
_시 〈돌 깨는 아이 · 다르질링 3〉 중에서

시킴 주
—갱톡 1

인도 변방 시킴 주 갱톡
마지막 샹그릴라일 거라는……
고업에서 초월할 듯한 막연한 상상을 품고
다르질링에서 출발하는 합승 지프를 타고
라니풀 계곡을 따라 네 시간을 달려갔다
등불을 밝힌 연체동물처럼
히말라야를 껴안은 연봉과 연봉을 따라
그림처럼 산재해 있는 마을과
하늘을 찌를 듯 줄지어 서 있는 침엽수림
그 속에 자리 잡은 크고 작은 불교 사원……
장쾌한 설산과 웅장한 칸첸중가의 위용은
더 가깝게 더 선명하게
법신의 빛줄기에 냉기를 맺히게 했다
봐도 봐도 질리지 않는 웅대한 대자연과
소박한 얼굴이 거기 있었다

엔체이 곰파
—갱톡 2

세찬 바람에 펄럭이는 새하얀 룽타*와
물청빛 파란 하늘의 대비는
현실 세계라기엔 너무나 화려했다
멀리 보이는 설산과 타악기 소리와
초저음의 불경 소리가 울려 퍼지는 예불이 끝나고도
고락의 경계를 벗어난 적막감은
사원 한쪽에 모여 앉은
오십여 명의 까까머리 동자승들과 짝을 이루었다
뒤를 돌아보며 장난질에 엉덩이가 들썩이고
더러는 수돗가에 물 먹으러 가고
지나다니는 순례자에 정신이 팔리며
맨발에 붉은 가사를 걸친
대여섯 살쯤 꼬마승들은 오글오글 모여서
불경인지 뭔지 학습 중이었다
볼은 발갛게 트고 콧물도 흘쩍이는 지상의 한 귀퉁이는
이 땅의 또 다른 동거방식이었다
어딘가에 바람구멍이 열리는 듯
빠꼼히 연 법당 문을 통해 개구쟁이들의
맑고 투명한 아침 햇살이 비쳐들고 있었다

* 불경을 새긴 깃발.

73

등불을 밝힌 연체동물처럼
히말라야를 껴안은 연봉과 연봉을 따라
그림처럼 산재해 있는 마을과
_시 〈시킴 주 · 갱톡 1〉 중에서

질문과 대답
—바라나시 1

무엇을 보나요
그냥 강가 강 가트* 주변만 보세요
거기에 바라나시가 있어요
인도의 모든 것이 있어요

뭐 우주까지 보겠다구요

* 강가와 맞닿아 있는 계단이나 비탈면.

목욕
—바라나시 2

이른 아침 강가 강 가트 주변은
경건하게 몸을 씻는 힌두교도들로 가득하다
강바닥 어디에선가
시체가 썩고 있을 끔찍함의 극치는
삼생의 업이 감해지고
성스러움 자체이고……

지금 눈앞에서 목욕하며 감격스러워하는
저 순례자들은 평생의 소원을 성취하는 중이다

마니까르니까 가트*
―바라나시 3

힌두인들은 강가 강에서 화장을 하면
윤회의 사슬이 끊어지고
인간계 아닌 신의 나라로 나아간다고 믿는다
앞서 간 망자의 팔과 다리가 재와 함께
강으로 툭 떨어지자마자
천에 꽁꽁 싸인 한발 늦은 망자는
선계로 나아갈 절대절명의 순간이 된다
그들은 슬퍼하지 않는다
다만 이별을 아쉬워한다

* 바라나시에서 가장 큰 화장터가 있다.

화장터
―바라나시 4

끊임없이 이어지는 장례 행렬과
시체를 태우는 불꽃
무표정한 화장터 일꾼들이 선명한 대비를 이룬다
얼마 전까지 누군가 아끼고 사랑했을 사람이
나무토막처럼 뻣뻣해진 채
불길 속에서 타들어 간다
빠지직 빠지직 불꽃과 함께 한 줌 재가 된다
인간이 재로 변해 가는 과정은
우리 모두 궁극으로 가야 하는 길
삶에 대한 회한을 불러일으킨다
어떻게 살 것인가
원초적 질문이 가슴을 치며 다가온다

망자의 죽음을 슬퍼하는 여행자는 없다
오로지 자신을 바라볼 뿐이다

성수
—바라나시 5

갠지스 강물은 성스럽다
시체와 오물이 떠다니고 우중충하고
아무리 세균이 버글거리는 물이라도
그냥 성스럽다
누가 뭐래도 신령스러운 강이다
순례자들이 이 강물을 물병에 담아 가서
자기 집 우물물이건 동네 냇가물이건 간에
한 방울만 섞으면 그 물도 영험한 성수가 된다
우파니샤드는 말한다
'더 이상 묻지 않는다'

그냥 믿으세요 여기는 인도니까

그곳
—바라나시 6

열두 시간을 기차 속에 있었어
책을 보다 잠을 자다 생각하다가
또 지쳐 잠이 들었어
깨어났을 때에도 기차는 달리고 있더라
길은 구불구불 어설프게 이어지고
느슨하게 휘어져 돌았어
짜이를 마시고 뒤척이는 시간이 가고 또 가고
드디어 만신의 고향 바라나시 정선역에 도착했지
사람들은 서둘러 발길을 옮겼어
막상 어디로 가야 할지 쉽게 움직여지지를 않았어

언제나 내가 가던 곳은
네가 있던 그곳이었는데

질문
—바라나시 7

어디서나 마주치는 멍한 소들과
지린내 나는 오물도 죽음의 일부야
화장장을 맴도는
역한 냄새와 연기는 늘 함께하지
시신을 태울 장작과
무게를 다는 저울도 충격과 감동이지
죽음
생생한 현실을 코앞에 두고도
많은 사람들이 강을 지키며 삶을 이어 가고 있어
시간 속에서 오는 여유와 수많은 신들의 축복이 있어

화장터에서 무슨 생각을 했냐고

혹시나
　－바라나시 8

릭샤를 타면 많은 구경을 할 수 있어
사방이 트여 있거든
소들의 한가함도
덕지덕지 붙은 포스터
짜파티 굽는 화덕과 짜이 장수
박시시꾼도
스쳐 지나가는 많고 많은 모습들
인간 군상들⋯⋯

전생 여기 어디쯤에서
혹시나 우리 스쳐 지나가지 않았을까

왜
―바라나시 9

내가 말한 곳으로 안 가고 다른 곳으로 가냐구
두 얼굴의 사나이 오토릭샤 왈라
당신 나한테 찍혔어
처음에는 이런 일에 화가 났는데
몇 번 겪다 보니 익숙해지기는 하더라
돌아보면 별거 아닌 일로 화내고 삐치고

왜 그렇게 싸웠을까

아픈 날
－바라나시 10

오늘 많이 아팠어
아침부터 열이 나고 움직일 힘도 없고
좋은 듯하면서 나쁜 듯하고
기분이 참 이상한 하루였어
한참을 자다
너무 답답해서 창문을 열었어
시원한 바람과 반짝이는 세상이 보였어
무작정 달려 나갔어
얽혀 있는 골목들이 그물처럼 조여드는 미로는
정신 줄을 한없이 흔들었어

눈부신 갠지스 강 때문이었어

옥상 수업
―바라나시 11

갠지스 강이 보이는 옥상 수업
참 낭만적이지 않니
희뿌연 안개와 백단나무 향에 취해 있는 강이
허리를 휘며 반짝이고 있어
하루 사백여 개
시체를 태워 강물에 띄우는 바라나시
죽음으로 신에게 나아가는 그 종점이야
윤회의 고리를 풀 수 있다면……

신이 어루만져 주는 여기에서라면 우리
그렇게 헤매지 않았을지도

시장 풍경
—바라나시 12

시장이 좋아
시끌벅적 시장이 좋아
모두 살아 있는 것 같아서
찰칵찰칵
지나가는 인도 여자도
짜파티집 아저씨도 찰칵찰칵
인도 어린이들도 참 멋진 모델이지
성스러운 아니면 우스꽝스러운 성자도
늘어선 구걸 행각도
찰칵찰칵
기브 미 머니
왓 쏘리
그냥 사진 찍어 달라는 줄 알았단 말이야

세 마리 소
─바라나시 13

아무도 비키라고 하지 않네요
그래요 이 거리의 대장이잖아요
지나가도 되나요
골목길에서 당신들을 만났을 때가 제일 난감해요
어찌해야 할까요
마냥 기다려요 비켜 줄 때까지
셋이 힘을 합쳤으니
세상을 살아가는데 두려울 것이 없겠죠
친구가 있다면 무서울 거 하나도 없잖아요
정말 행복하겠네요
오늘 하루는 힘든가 봐요
자전거도 달리다 힘이 들 때는 벽에 기대어 쉬는데
잠시나마 모든 걸 잊고 편안히 쉬어요
나도 지금은 쉬고 싶어요

성자
―바라나시 14

살아 있어요
사람 맞나요
지금 수행 중인가요
지친 삶에 잠시 쉬는 건가요
당신은 하룻밤에 천리를 가는 도인이지요
강가 강에서 물 위를 걸으며 축제를 하는 도인이지요
행복을 나누어 가질 수 있는 성자 맞지요
저승으로 갈 노잣돈을 머리맡에 두고 갈게요
백단향 나무를 얹어 화장할 거예요
인간세계 윤회를 끊고 천계로 들 거예요
아니 안드로메다 은하계는 어때요
삼십억 년 후 거기서 만나요
김밥처럼 누워 있지 말고요
어서요

소똥 예술
─바라나시 15

소똥은 더럽다
역한 냄새가 날 것 같지만 그게 아니야
소똥은 생활의 일부고 중요한 자원이지
인도에서는 말이야
소똥을 말린 후 땔감으로 쓰고
벽을 바르고 마당을 윤나게 고르는 데도 쓰지
우리나라 황토처럼
더럽다고 생각하는 것은 나의 생각뿐
너를 알고 싶을 때는
너의 시선 속 예술을 보며
그 세계로 들어가야 한다는 것을……

철학자
―바라나시 16

이마에 손을 얹어 예를 다하며
목욕하고 기도하며
오염된 강물을 마시는 순례자와
가트를 어슬렁거리는 개와 박시시꾼과
유혹과 협박을 일삼는 현지인들
수많은 운구 행렬과 끊이지 않는 화장 의식까지
생의 양면을 극명하게 보여 주는 곳

바라나시 여행자는 누구나 철학자가 된다고 하더라

강가 강은 흐르고

―바라나시 17

말이 통하지 않는다
누구도 말을 걸지 않고
누구에게 말을 걸지 않아도 되는 시간
가만히 배 위에 누워 흘러가기만 하면 되었어
보트 왈라와의 어색한 동거는
바라나시에 있는 동안 계속되었어
배들이 지나가고 바람 구름 햇살도 흘러가고
아무것도 모르는 파란 하늘도 흘러갔어
흐름 속에서 너는 흐르지 않더라

왜 기억은 그날에 멈춰 버렸을까

죽음
── 바라나시 18

죽음은
신의 세계로 들어가는 과정이라는 거야
생생한 현실이며 아름다운 행위이며
피해 갈 수 없는 여행이기도 하고
삶에서의 영원한 해방이며
신이 용인한 기쁨이라는 군
많은 사람들이 죽었고 죽어 가고 죽어야 할
신비한 죽음
피하고 싶은 삶 저편의 일이었으면……
했는데

신화
—바라나시 19

인간의 몸 중에서
가장 많은 죄를 짓는다는 머릿속이
어느 순간 까맣게 혼절하는 거야
꼬불꼬불한 골목길이
제자리를 맴도는 미로가 된 거지
바라나시는 신의 땅
신의 뜻이고 신의 방위고 방향이야
인간계는 그제나 이제나
풀어낼 수 없는 실타래를 뽑아내는 아수라장이고
바라나시를 휘도는 갠지스 강은
인간의 죄를 씻기 위해
쉬바 신의 삼단 같은 머리카락을 타고
지상으로 흘러왔대

역사보다 신화보다 오래된 바라나시
인도의 곳곳은 아직도 신화 속이야

가난한 사람들
—바라나시 20

당신은 내게 한 푼 주면서
아름다운 마음을 찾고
보람을 느끼고
오늘 내게 준 동냥은
애당초 내가 받아야 할 돈이며
당신이 내 몫까지 가지고 있었기 때문이 아닌가요
가난한 그들은 이 축제를 위해
기차 타고 걷기도 하며
바라나시로 바라나시로 모여들어
어수선과 아우성에 각광까지 받고 있어
갠지스 강에서 목욕하고
곡식과 돈을 나누어 주며
자신의 죄를 사하고저 하는 사람들과
서로 축복을 구하는 거지
골목마다 길목마다
가난한 사람들은 차고 넘쳐
자신이 받아야 할 신이 주신 몫을 챙기는 행렬들이
끝도 한도 없이 줄지어 있어

그 아이 모습으로
-바라나시 21

아무렇지도 않게
별일 아닌 척 말을 할 수는 있는데
가슴은 왜 이리도 아플까
그동안 너무 무거운 짐을 안고 살았어
그렇게라도 하면
미안함이 조금이나마 줄어들까 했거든
이제는 힘껏 나가 볼래
얽매어 있던 줄을 풀어 버릴래
다 버려 두고 떠날 거야
다시 돌아왔을 때
네가 좋아하던 아이
그때 모습의 내가
화성에서 날아온 새처럼 서 있을 거야

겁이 나
-바라나시 22

시간이 지나 많은 것이 달라졌는데
편안해질 때도 되었는데
아직 그때에 머물러 있나 봐
하고 싶은 말이 너무 많아

기억이 흐릿해질까 겁이 나

디아*
—바라나시 23

어두운 밤
작은 불꽃 디아를 띄우며 소원을 빌었어
부질없는 것들과 이별하게 해 주세요
잊겠다는 욕심조차 흘러가더라

나의 반을 강가 물에 담가 놓고 왔나 보다
자꾸만 땡기는 걸 보면
다시 간다면 영혼의 반을 챙겨 오는 대신
그 반을 더 두고 올지 모르겠다

* 나뭇잎을 실로 꿰어 불을 켜는 성구의 일종.

기억
—바라나시 24

인도의 맛 향기 추억들
그렇게 다 잊혀지나 봐

너의 모습도
시간이 지난 지금은 기억이 잘 안 나네

그냥 강가 강 가트 주변만 보세요
거기에 바라나시가 있어요
인도의 모든 것이 있어요
_시 〈질문과 대답 · 바라나시 1〉 중에서

시체와 오물이 떠다니고 우중충하고
아무리 세균이 버글거리는 물이라도
그냥 성스럽다
_시 〈성수 · 바라나시 5〉 중에서

작은 불꽃 디아를 띄우며 소원을 빌었어
부질없는 것들과 이별하게 해 주세요
잊겠다는 욕심조차 흘러가더라
_시 〈디아 · 바라나시 3〉 중에서

망자의 죽음을 슬퍼하는 여행자는 없다
오로지 자신을 바라볼 뿐이다
_시 〈화장터 · 바라나시 4〉 중에서

2

부다

룸비니 · 부다가야 · 사르나트 · 쿠시나가라

첫발을 떼다
―룸비니

왕궁의 유복함을 내던지고
진리를 찾아 길을 떠난 지 무려 사십여 년
길에서 떠돌다 돌아간 부다
태어난 곳도 길 위에서였다
마야부인은 친정으로 가던 중
사리수나무를 붙잡고 아기 부다를 낳았다

그가 첫 걸음을 뗀 숲을 따라 사람들이 걷고 있다
숲은 길이 되고 있다
맨발의 부다가 걸었던 먼지 풀풀 나는 건조한 대지
마치 꼬리에 꼬리를 무는 질문 같다

깨달음을 얻다
―부다가야

부다에게 다가간 것은 장님 소녀 수자타
그녀가 건네준 우유죽을 마시고 기력을 회복한 부다는
고행만이 깨달음으로 가는 길이라던 마음을 돌린다
인근 보리수나무 아래에서 '무상정각'
위없는 깨달음을 얻게 된다
'비파의 현을 너무 조이거니 늘여 봐야 소리가 나지 않는다'
중도의 진리를 설파한다

부다가 깨달음을 얻은 자리에는 마하보디 사원이,
니란자나 강을 따라 긴 다리를 건너가면
비하르 주의 가난 외에는
어떤 것도 느낄 수 없는 궁색한 수자타 마을이
독특한 색채로 다가왔다

첫 설법을 하다
—사르나트

눕지도 자지도 먹지도 않아
배에서 등뼈가 만져질 정도의 처절한 고행으로
앙상해진 부다가
모래바람 날리는 대지를 걸어오고 있다
다섯 도반에게 다가간 그는 사성제와 팔정도
불교의 기본 진리를 나지막하게 설파한다
변절자라고 돌아선 도반들 스스로
위대함을 알아보고 가르침을 청했던 것이다

지친 여로를 헤치며
바라나시를 기점으로 당일치기로 다녀오는 사르나트
힌두교의 득세와 이슬람의 침입으로
오늘날 인도에서
불교의 흔적은 거의 유물 속에서나 남아 있었다

대지에 몸을 누이다
－쿠시나가라

서른다섯에 깨달음을 얻고
지혜를 나눈 지도 사십오 년
'모든 것은 변화한다 쉬지 않고 정진하라'
부다의 유언은 짧았다

네팔에서 인도로 가는 기착지 고락뿌르에서 또 두 시간
부다가 입멸한 자리에 세워진 순백의 사원 열반당은
신비로움과 비장함으로 강렬했다
바라나시, 아그라, 쿠시나가라……
여행과 죽음이 중첩된 인도에서
불꽃을 반추하며 모호한 해답을 뒤로했다
'지금도 마음을 가다듬으면 불사리를 발견할 수 있다'
뜨거운 땡볕이 기승을 부리는 폐허
유적지를 맴돌아 오는 현장법사의 외침은
예나 지금이나 유효하다고

맨발의 부다가 걸었던 먼지 풀풀 나는 건조한 대지
마치 꼬리에 꼬리를 무는 질문 같다
_시 〈첫발을 떼다 · 룸비니〉 중에서

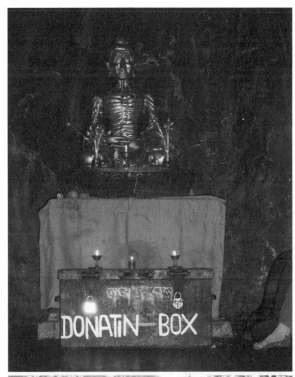

부다가 깨달음을 얻은 자리에는 마하보디 사원이,
니란자나 강을 따라 긴 다리를 건너가면
비하르 주의 가난 외에는
_시 〈깨달음을 얻다 · 부다 가야〉 중에서

다섯 도반에게 다가간 그는 사성제와 팔정도
불교의 기본 진리를 나지막하게 설파한다
_시 〈첫 설법을 하다 · 사르나트〉 중에서

바라나시, 아그라, 쿠시나가라……
여행과 죽음이 중첩된 인도에서
불꽃을 반추하며 모호한 해답을 뒤로했다
_시 〈대지에 몸을 누이다 · 쿠시나가라〉 중에서

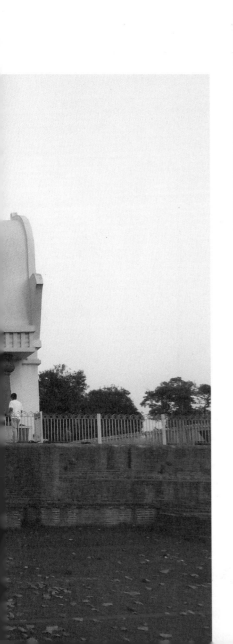

3

네팔

파슈파티나트 · 치트완 국립공원 · 파탄 · 룸비니 · 히말라야 · 푼힐

당신을 생각할 것입니다

눈과 빙하에 덮힌 당신의 향기가
몸을 세워 이끄는 그대로 잠시 서 있게 하겠지요
거친 여행으로 담금질된 욕망을 뜨겁게도
가끔은 시리게도 순정한 가슴으로 스며들게 하겠지요
낯선 길에서 만난 깃발과 사원의 간곡한 진언과
선열한 기운이 바람과 함께하는 히말라야
산마을 아이들의 초롱한 눈망울에는
세상에서 가장 맑은 하늘이 걸리겠지요
붉은 랄리 구라스 꽃들이 흐드러지고
계단밭을 숨차게 오르며
냉기를 뿜어대는 안개구름 위로
천천히 흘러가는 시간을 망연히 바라보았지요
소박하고 따뜻한 미소를 마주하며
골목길에서 볕을 쬐는 얼굴은
온갖 색채를 닮았더군요
하늘에도 길이 있었습니다
우박이 떨어지고 천둥번개가 내려치는 우람한 산
옆구리에서라면 더욱……

파슈파티나트

화장을 준비하는 사람과 묶은 시체와
엄숙하지도 슬픈 분위기도 아닌
가족들의 묘한 표정이
독특한 냄새를 풍기며 연기로 피어오른다
시꺼멓게 찌든 수많은 화장터와
따가운 햇살 아래 공물을 노리는 원숭이까지
순례자의 열기에 휩싸인다
끊임없이 관광객을 맞는다
오염되고 냄새나는 마그마티 강물은
타다 남은 옷가지와 신에게로 갔을 망자와 함께
신성한 강 갠지스로 흘러간다
몸과 얼굴이 요란한 수행자를 지나치며
또 다른 세계로 들어간다

치트완 국립공원

두터운 피부와 굵은 주름과 꺼먼한 작은 눈
요동치는 코끼리의 뼈와 살의 풍모가
야생을 누비던 밀림의 숨결을 타고
순식간에 그대로 전해져 왔다
녀석이 걸음을 옮길 때마다 뻣뻣해진 전신은
도무지 거대한 동물에게 적응되지 않았다
대책없이 서식하려는 침입자로 전락한 듯
안장 자리에 앉아서도 미안했다
그냥 미안했다
궁리 끝에 바나나를 보여 주었다
기다란 코가 덩치의 코끼리 비스킷을
잽싸게 낚아채서 입으로 가져갔다
앞서 가던 이가 배낭을 떨어뜨리자
긴 코로 집어서 훌쩍 정확하게 던져 주었다
작은 선물은 야생을 춤추게 하고
정글 속 허공에 뜬 두 다리는 드디어 자연스러워졌다
시간의 손을 타지 않은 자연
인도로 이어지는 네팔 남부 티라이 평원에서
원주민 타루족의 삶을 건네다 보고
광활한 아열대 강물과 늪을 헤쳐 가며
악어와 코뿔소도 만났다

파탄의 시간은 한가로이 흐른다

늘어놓은 그릇들 사이로
햇볕을 받는 황토빛 틈으로
노인의 그림자가 지나간다
세상 어느 곳보다 좋은 자리에서
볕을 품은 그릇들이 영글고 있다
오래된 길에서 잃어버린 길을 찾듯
어느새 웃고 있다
이유도 모른 채
웃고 있는 나를 보았다

가벼운 여행자

함께해도 좋고
홀로라도 좋은
길에서 만난 사람

룸비니 가는 길

깨달음을 얻기 위해 떠나는 수도승은
뙤약볕 아래 메마르고 팍팍하게
머나먼 길을 한 걸음 한 걸음 걸어서 갔겠지
나는 배낭을 버스 꼭대기에 얹어 주는
낡은 버스를 타고 부처님 만나러 갔다네
너무 늦지 않기만을 바랄 뿐이었지
번호판도 목적지도 적혀 있지 않은
요란한 장식의 만원 버스는
무릎과 무릎이 닿는 자세로
치트완에서 네 시간을 달려 바이라하와
먼지와 오물이 쌓인 북새통 길가에서
룸비니를 외쳐
갈아탄 버스는 또 울퉁불퉁
한 시간을 넘게 더 달려가서야
파리가 새까맣게 꼬여 있는 가게들이 서넛
땡볕이 작열하는 먼지 자갈길 메마른 땅바닥에
무거운 배낭과
각지의 순례자를 풀어 주었지
마야 성당과 아쇼카왕의 돌기둥과
세계 사원들과 한국 사원 대성석가사도 있는 성지
룸비니 정원 입구였다네

국경을 넘다

여행을 떠나기 위해 얼마나 많은 짐을 쌌던가
옷을 챙기고 약을 챙기고 침낭을 챙기고
열심히 살아갈 갖가지 물건들이 가방 속에 들어찼다
물건을 사들일 때마다
이미 싼 짐을 풀고 싸기를 반복했다
그럴 때마다 금방이라도 떠나는 듯
희열과 기대에 가슴을 떨었다
준비하는 순간부터 이미 여로 위에 선 것이라고
비밀 같은 짐을 수없이 풀고 싸기를 반복했다
석가모니가 태어난 룸비니에서 바이라하와로
국경을 넘어 인도 땅 소나울리를 거쳐
석가모니가 입멸한 쿠시나가라로
꼬락푸르에서는 꼴까따까지
스무 시간을 넘게 기차도 탈 것이다
아침에 짐을 싸고 저녁이면 짐을 푼다
학교에 가기 위해 가방을 싸기 시작한 기억 이후
물건을 챙기고 선물을 준비해 온 팍팍한 삶도
여행이기는 마찬가지였다
싸던 짐을 마저 싸고 또다시 출발이다

히말라야 첫날

몽롱한 머릿속으로 드는 생각은 하나뿐
살고 싶어
그럼 걸어

일몰

넓은 하늘에 붉은 점 하나 떨어진다
다가오는 저녁을 온몸으로 바라본다
하늘이 참 가깝다

눈 속에 피는 꽃

한가한 오후 극장에서 홀로 앉아 영화를 볼 때
분위기가 좋은 카페에 앉았을 때
어딘지 모를 아릿한 통증
아련한 도취

푼힐 전망대

히말라야가 움직이지 않으니 내가 갈 수밖에
그러니까
지금 두 발로 히말라야를 밟고 있잖아
눈은 설산에 고정되어 있어

샹그릴라를 향해서

높고 험한 바위 절벽이 나타나고
좁은 벼랑을 지나고
돌계단을 오르고 숨을 헐떡이며
천근 다리를 끌어가며
걷고 또 걸었다
내리 꽂히는 태양과 고도를 머리에 이고
몇 날을 걸었을까
얼마나 높게 올라왔을까
숨소리를 불어 우박 비를 뿌리는 거지
안개 바람도 만드는 거지
시리고 세찬 바람이 장쾌한 설산을 넘어갔다
조금만 기다려 히말라야
너에게 가고 있어

나무 때는 난로

히말라야 고산은 더웠다 추웠다를 반복한다
변덕스러운 날씨는 당연지사지만
오후가 되면 어김없이 안개가 짙어지고
우박이 떨어지고 비가 온다
급강하하는 기온은 맹렬한 짐승같다
힘든 걸음으로 숙소에 들어도
기라곤 없는 방이 으스스 뼈 소리를 낸다
춥고 또 춥다
세상천지 어디를 둘러봐도 불기 같은 건
식당 겸 로비에 있는 난로 하나뿐
나무를 아끼느라
늦은 저녁 몇 시간만 온기를 맡게 해 준다
땀에 쩔은 빨래도 불내를 고대한다
몇 번째 밤인지
기억이 아물거리는 롯지
그 나무 때는 난로는 유난히 따뜻했다

하산

하늘은
내 발바닥부터 시작되었다
하늘을 밟고 만지고 숨쉬고
하늘을 보았다
왜 걸었는지 아무도 묻지 않았다
걷다 보면
어딘가에 도착해 있었다
다만 걷고 있는 이 길이
뛰지 마라
조금만 천천히 걸어가라
느리게 가자고 보챌 뿐이었다
꿈꾸던 그곳
낯선 길에서 길은 새로 만들어졌다
길과 함께 걷고 있었다

진짜 고수

지난번엔 그냥 산이 좋아 설렁설렁 걸었더니 정상이 보이더군요 이번엔 쉬엄쉬엄 두어 달 잡고 산에서 지낼 거예요 산마을 사람들과 차도 마시고 사진도 찍어 주고 얘기하며 히말라야를 기웃거리면서요

여유만만 산행파는 세계 첫째 산을 다녀온 위인치고 너무 담담했다 그런 산은 목숨 걸고 한 걸음씩 수도자처럼 내딛어야 오를 수 있고 등반에 성공하면 신문방송에서도 대서특필감이라 생각했는데…… 교감하며 즐기기는커녕 악전고투 전투적인 태도의 내 심장은 거하게 들썩일 뿐이었다

우리는 늘 꼭대기만 바라본다
정상이라는 의미 때문에 중간들은 무심하게 지나친다
과정을 즐길 줄 아는 젊은 피
인생의 진짜 고수 아닐까

깨달음을 얻기 위해 떠나는 수도승은
뙤약볕 아래 메마르고 팍팍하게
머나먼 길을 한 걸음 한 걸음 걸어서 갔겠지
_시 〈룸비니 가는 길〉 중에서

시리고 세찬 바람이 장쾌한 설산을 넘어갔다
조금만 기다려 히말라야
너에게 가고 있어
_시 〈샹그릴라를 향해서〉 중에서

늘어놓은 그릇들 사이로
햇볕을 받는 황토빛 틈으로
노인의 그림자가 지나간다
_시 〈파탄의 시간은 한가로이 흐른다〉 중에서

몸과 얼굴이 요란한 수행자를 지나치며
또 다른 세계로 들어간다
_시 〈파슈파티나트〉 중에서

요동치는 코끼리의 뼈와 살의 풍모가
야생을 누비던 밀림의 숨결을 타고
순식간에 그대로 전해져 왔다
_시 〈치트완 국립공원〉 중에서

선열한 기운이 바람과 함께하는 히말라야
산마을 아이들의 초롱한 눈망울에는
세상에서 가장 맑은 하늘이 걸리겠지요
  _시 〈당신을 생각할 것입니다〉 중에서

꿈꾸던 그곳
낯선 길에서 길은 새로 만들어졌다
길과 함께 걷고 있었다
_시 〈하산〉 중에서

4

티베트
라싸 · 나무초

무엇이 티베트를

험하디 험한 쿤룬산맥에 감싸인 세계의 지붕 히말라야
옥수수 기장 정도와
염소와 야크를 조금 기를 뿐이다
내리쬐는 태양 외엔 산소도 볼 것도 별로 없는
공기도 희박하고 건조한 고산지대
조장과 일처다부제와
차마고도를 걷는 말방울 소리와
미소와 기도를 마주하며
살아 있는 신을 믿는 라마교와……
고산증을 동반한 하늘 아래 첫 나라
외부 세계와 아주 다른 풍습의
억누를 수 없는 모험과 탐험을 부추기는 곳

무엇이 티베트를 신비하게 만드는가

라싸*

저 높은 층계로 올라 구름을 핥아 보겠네
혼미한 우울과 발등이 저려 오는 설렘이
폐활량을 시험하는 고지적응쯤으로 투덜거릴 거라네
해발 오천삼백 미터, 탕골라산맥의 창궐하는 바람이
늑골을 풍화시키지 못할 것도 없겠다 싶네
촌락을 끼고 흐르는 일릉창포가 세계에서 가장 높은 강이라며
흑백사진의 추억처럼 자세히 보라고
두꺼운 앨범 위에서
유리알 같은 흰 달의 기우는 모습을 그려 보일 거라네
백설의 산들로 둘러싸인 서장 북부 밭과 들판
성스러운 나무초 호수도 느리게 지나
나귀의 오르막을 흔들거리다가
달라이라마 여름 궁전인 노블링카에서
웃고 싶어질 것이네
어두워져 오는 라싸 뒷골목을 기웃거리노라면
기진한 발걸음이 때로는 멀리
때로는 가까이에서
숨겨져 있는 그만의 아름다움에 노크할 것이네
포탈라궁에서는
어느 노천카페에서 했던 것처럼
잃어버린 사랑을 찾을 수 있을까 하고
떠나는 사람의 노래에 말방울처럼 귀를 열어놓을 것이네

* 티베트의 수도.

니 치마

나무초가 세계에서 제일 높고 성스럽다지만
네가 보고 숨 쉰 것 모두 잊어라
가져갈 것은 아무것도 없느니
그리하여 줄 것도 없느니

너무나 하잘것없는 정신과
오욕의 육신으로는 도무지 바라볼 수 없었네
검은 피가 솟구치듯
세상이 빙빙 돌아 머리조차 들 수 없었네
신비의 호수에 손을 담그는 순간
나의 한계는 고개를 숙이고 떠나는 것이었네
끝없이 달려 나간 욕망을 지우듯
디카도 호수에 빠뜨려 버렸네
터져 빠질 듯 눈을 파먹으려 쏘아 대는 햇살이
낯선 풍경을 슬프게 흔들었네
설산은 빙긋이 웃고
나무초는 미끈한 등을 푸르게 출렁이었네
말몰이꾼들이 감히 바로 서지도 못하고
자갈 바닥에서 기어 대는 나를 향해
티벳의 장엄한 경을 외쳐 댔네
"니 치마"*

* 너 말 타라.

154

슬픈 티베트

욕망의 길 끝에 무엇이 기다려
검푸르게 채색된 폭력 같은 두통과
붉은 램프를 쳐든 복통에
아니 협박에 시달리게 하는지
서러운 불덩이가 쿵하고 가슴에 떨어진다
불길은 신비함에 기댄 채 높게 높게 타올라
장엄하게 추락하는 호흡을
타이레놀과 산소통과
급기야는 구토와 링거병에도 번진다
고산을 훌쩍 넘어선 라싸
승원과 경을 흔드는 깃발이 적막하고 무겁다
옴마니반매훔
잠 못 이루는 밤마다 진언이 떠다니는
꿈결에 잠겨 든다
마지막 순례자처럼 살짝 내리는 빗줄기를 따라
자유로운 영혼에게 바치는
새벽이슬 같은 산소가 온다는 것
해맑은 웃음에 실린 슬픈 위안을 믿고 싶다

평화의 언저리

아침저녁 염불을 외며 마니차를 돌리며
사원을 도는 이와
평생을 빌어 오체투지와 고행하는 순례객들로
국가 사원 조캉의 풍경은 평화로움이다
그 평화의 언저리
조캉 정문에 중국 공안의 매서운 눈빛은 빛나고
상극의 풍경이 공존하는 일상이 묘하다
어지럼증으로 세상은 빙빙 돌아가고
매스꺼운 위장과 눈이 튀어나올 것 같은
무미건조하고 희박한 공기는
마주 보고 숨을 쉴 수 없음을
내가 차지할 산소가 줄어듦에 불과하다는 것을……
그나마 먼 땅에서 행복했던 것은
시력이 미치지 않는 투명
꿈결처럼 아름다운 원경 저편에서
신기루에게 합장해 본다는
탕골라산맥을 훌쩍 넘어선 하늘은
무소유 무욕의 신비로움으로
아득한 선계로 이어지는 시야를 열어 주고 있었다

옴마니반매훔
잠 못 이루는 밤마다 진언이 떠다니는
꿈결에 잠겨 든다
_시 〈슬픈 티베트〉 중에서

흑백사진의 추억처럼 자세히 보라고
두꺼운 앨범 위에서
유리알 같은 흰 달의 기우는 모습을 그려 보일 거라네
_시 〈라싸〉 중에서

고산증을 동반한 하늘 아래 첫 나라
외부 세계와 아주 다른 풍습의
억누를 수 없는 모험과 탐험을 부추기는 곳
_시 〈무엇이 티베트를〉 중에서

5

포클랜드

스텐리 · 브룬티어 포인트 · 씨 라이온 아일랜드 · 동 포클랜드 · 서 포클랜드

전쟁은 끝났는가

분통 터지는 노릇도 절단난 패기도
안 죽을 만큼 으깨어지고 짓눌렸으니
분노한 칼날로 다시 그곳을 찍어 볼 것인지
아르헨티나는 고유 영토 회복으로 내세운 명분답게
포클랜드를 말비나스 제도라 부른다
패자의 노래는 아무리 몸부림쳐도
이빨 지그시 깨무는 움푹 패인 상처일 뿐
마젤란해협을 건너오는 황량한 바람에게도
포클랜드전쟁을 거론하거나 농담조차도 금기시한다
국가는 자국의 영토를 지켜내야 한다는 거
온종일 흐리고 강풍을 동반한 부슬비가 내리지만
남극으로 가는 최종 기지이며 자원의 보고인 코앞의 섬이
지구 저편 먼 섬나라 영국 땅이다
전쟁은 끝났는가
지금은 영국령 포클랜드

* 포클랜드전쟁은 영국령 포클랜드제도에 대한 영유권 확보를 위한 영국과 아르헨티나 간의 전쟁으로 1982년 4월 2일 아르헨티나 해병대가 동포클랜드에 상륙함으로써 시작되었고, 이에 영국이 12,800km나 떨어진 본토에서 기동함대를 편성 포클랜드 탈환 작전을 실시 동년 6월 15일 아르헨티나의 항복을 받아 냄으로써 종전이 이루어졌다.

스텐리에 오다

빨강 노랑 파랑의 그림 같은 집과 도로
영국인이 모여 사는 유럽풍 항구 스텐리
언덕에 올라서면 남빙양이 눈 아래 펼쳐지고
아름드리 통나무 폐선 몇 척
초기 개척 시대 유장한 포클랜드 역사를 읽게 해 준다
펭귄 바다사자 고래
온갖 야생동물 천국이지만
모기 잠자리 개구리 여치 같은 곤충은 아예 없다
통칭 구스라 부르는 커다란 새들은 수도 없이 날아다닌다
육지엔 하얀 핏트밭이 사방을 차지하고
디들디와 티베리, 양치류, 화이트그라스들이
땅에 닿을 듯 거센 서풍에 엎드려 있다
날씨는 늘 초겨울처럼 차고 음산하다
코리안은 몽땅 두 명
렌트한 집에서 여름 한철 잠시 지낼 뿐이다
십여 명 우리나라 선원들 영혼이
마을 한가운데 햇살 바른 공동묘지에 묻혀 있다
젊음을 남빙양에 바친 그들이
포클랜드 땅에 주거지를 차지하고 있다

남극 하늘

어제 하루는 거센 바람도 잠시 잠을 자는 여름
적어도 우리나라 봄날이었다
햇살 가득한 정원엔
노란 데이지와 민들레꽃이 가득하고
목책 가까이에선
청사초롱이 붉은 꽃을 달고 가늘게 흔들렸다
하늘은 자색과 보라빛으로 구름을 열어 가며
거대하고 위대한 조화를 담아내느라
밤을 잊고 있었다
극야의 밝음으로 해서 자정이 되어서야
초롱초롱 영롱한 별들을 수없이 맺히게 했다
미세한 얼음 입자가 떠도는 남극 하늘
유성을 끝없이 쏟아 놓고 내려 보내며
남십자성이 이정표를 세우게 했다
북극성이 보이는 한국 땅에서 바라볼 때
나는 거꾸로 서 있음이라

펭귄

너는 거기 있고
나는 여기 있고
너는 네가 날씬하다고 생각하지만
나는 네 냄새 때문에 머리가 흔들렸지

너는 야릇한 듯 나를 구경하고
나는 뒤뚱거리는 너를 웃어 주었지
그런다고 누가 우릴 바보라 하겠니

지독한 바람과 거대한 하늘
그 사이에서
너는 나를 보고
나는 너를 보고

* 브룬티어 포인트에서

169

카라카라

"아침저녁, 해가 뜨고 질 때마다 우리는 그를 기억할 것이다. 사랑스런 추억과
함께 그는 포클랜드전쟁 때 용감한 남자로 젊음을 바쳤다. 1982. 5. 2."

천지간에 하늘과 절벽만을 마주한 극지
광활한 언덕 위에서
눈물 나게 외로운 비문을 읽고 있을 때
시큰해진 뒷목을
아니 배낭을 사정없이 후려치는 것이 있었다
희귀종 독수리
세계를 통틀어 오십여 쌍뿐이라는 카라카라의
난데없는 공격이었다
이제 여기 현 시점은
먹이 전쟁이 불꽃 튀기는, 생존
햄버거 도시락 배낭을 품안에 바싹 끌어안으며
고기 냄새를 귀신같이 알아차린
굶주린 적수의 눈빛을 마주 쏘아보았다

어린 남자의 아름다운 영혼이 극광의 하늘에서
고독한 날갯짓을 함께했다

* 씨 라이온 아일랜드에서

깊은 블루

티 없이 청명한 하늘엔 구름 한 점 없고
옥색 빛이 차디차게 스며든 남빙양은 멀고 깊다
저이가 누군가
얼음가루 뿌려 놓은 듯 새하얀 모래사장과
검은 갯바위 경계에서 한참을 파도와 어우러진다
열대 섬이 더위를 식히려다 여기까지 잘못 왔나 보다
숨결을 쓸어안으며 끝없이 시린 발끝을 찍으며
우주 끝까지 펼쳐 놓은 블루
힘차고 눈부신 태깔과 빛
사나운 날씨의 극지에도
어쩌다 이런 선물은 있는 거라고……
이월, 남극의 여름 바다
틀림없이 뮤즈 신이 다녀가셨다

* 샌드베이, 동 포클랜드에서

171

절벽

태고 적 그때부터
뿌리까지 뽑아대는 미친바람 그친 적 없다
천 길 낭떠러지 위
갈색 피트로 덮인 곡선의 광야에는
한 그루 나무조차 살아남지 못한 벌판과
극광의 하늘만 존재한다
남빙양을 몰아대는 배경으로 절벽은 뻗어 있다
남서풍의 칼날에 깎이고 부딪히며 패이고 패이도록
파도를 일으키고 밀어붙일수록
바위를 밀치고 때린다
생채기에 금이 가고 또 할퀴어도
남극을 향해 깎아지고 부서지며 일어설 뿐이다
수평과 수직의 정점을 다해
극한에서 태어나는 온갖 풍상의 불협화음이
극지의 중력을 버티어 내고 있다

* 뉴 아일랜드, 서 포클랜드에서

갈색도둑갈매기

나는 아메리카 대륙에서 남극이 보일 듯한 이곳까지 날아와
자연의 일원으로 살아내야 한다
고향으로 가는 저쪽으론 언제나 거센 바람이 길을 막는다
걱정하지 않는다
돌아갈 수는 있다
비상할 때면 창공 깊숙이 파고들어
하늘에서 내려다보이는 물길을 좇아가면
해마다 그래왔듯 몸이 알아서 길을 낸다
날카로운 검은 부리와
짙은 밤색의 우아한 깃털과 거대한 몸집은
하늘의 지존이 내린 나의 위상이다
사생결단으로 내지르는 어미 가마우지 경계경보 탓에
가끔 새끼 가마우지 사냥에 실패하기도 한다
하늘만 빙빙 돌다 퇴각하는 길에는
생존이라는 절명의 고단이
자랑스런 깃털을 얼룩으로 물들인다
광채를 되쏘는 눈빛이 붉다 못해 검어진다
운명을 탓하지는 않는다
걸고 패배자로 퇴회할 수는 없느니……

바다의 약탈자

다른 새의 물고기를 빼앗거나
펭귄 알이나 아기 새를 잡아먹는 갈색도둑갈매기
형편없는 이름과 행실에 비해
활짝 편 두 날개로 힘차게 하늘을 날아오를 때면
제 아무리 어떤 힘으로도 말릴 수 없다
눈부신 역광의 바다 위로
광활한 극지방을 넘나드는 녀석

아름답고 장쾌하다

* 동 포클랜드에서

색의 예술

늘 흐린 하늘에선 부슬비가 내리고
강풍이 몰아쳐 오고 비 구름 안개 바람
만에 하나 날씨가 좋은 날을 공략하려는 거겠지
소실점이 보이는 곳까지 무한히 열려 있는
바다 표면은 턱없이 찬란하고
황혼의 하늘은 가혹한 저온에 몸을 떤다
육백 마일 저쪽은 남극이다
해빙과 빙산을 동반한 극지 외로움이란
문득 조용한 사색처럼 신비스런 광채를 뿌린다
만년빙에 드리운 색의 예술이 궁금해진다
어쩌면 남극 유빙이 떠다니며 빚어내는 빛인지도……
잠시 허락된 저토록 맑은 색의 조화
때가 되면 그 무엇도 헛된 건 없다는 것
굴곡한 후미에선 빙하 색깔을 맛볼 수 있을 게다

* 동 포클랜드에서

서풍

그는 누구를 간절히 그리워하지도
어지간한 것에는 분노할 줄도
미워하거나 시기할 줄도
애증의 불꽃을 태울 줄도 모른다
영혼을 뿌리째 흔들어 놓도록 외곬으로 진화할 뿐
남극을 뛰어넘는 외로운 몸부림과 생을 벼리는 냉기
그 밖의 존재를 그는 모른다
의욕이 들끓는 미궁 속으로
어느 하루 돌진의 기세를 멈춘 적 없다
살가죽을 벗기고 뼈마디를 씹어 던질 듯
자나 깨나 채찍을 휘날리는 웅웅거림은
면역이 불통인 바이러스처럼
불같은 성깔의 통로를 지나 블랙홀로 빠져든다
직강의 수를 놓는 밤하늘에는
꽤나 낯선 곳에서 표정도 없이
수많은 별똥별이 수정처럼 맑게 빛나고 사라진다
남십자성의 돔과 회랑이 반짝일 뿐이다

너는 야릇한 듯 나를 구경하고
나는 뒤뚱거리는 너를 웃어 주었지
그런다고 누가 우릴 바보라 하겠니
_시 〈펭귄〉 중에서

육지엔 하얀 핏트밭이 사방을 차지하고
디들디와 티베리, 양치류, 화이트그라스들이
땅에 닿을 듯 거센 서풍에 엎드려 있다
_시 〈스텐리에 오다〉 중에서

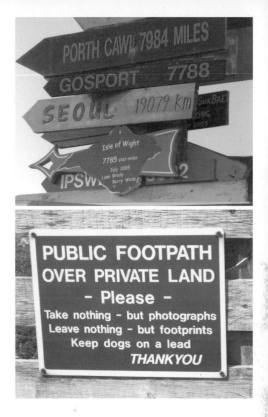

노란 데이지와 민들레꽃이 가득하고
목책 가까이에선
청사초롱이 붉은 꽃을 달고 가늘게 흔들렸다
_시 〈남극 하늘〉 중에서

6

칠레

산 페드로 데 아타카마 · 산티아고

완강한 아름다움
─산 페드로 데 아타카마* 1

멀리 눈을 뒤집어쓴 안데스가 있고
지평선 밑둥 끝까지 태양이 작열하는 땅
황량한 대지는 온통 주홍빛이다
무자비한 붉은 흙먼지가
울퉁불퉁 달리는 승합차 뒷바퀴에서 거대한 날개를 펼친다
타들어 가는 햇살만이 소금사막에서 천연덕스럽다
플라밍고에 매혹된 붉은 호수가 나타나자
무릇 사랑에 빠지는
한순간 또는 한 시절을 목격한다
생존을 갈망하는 영양소를 다 퍼주고
아낌없이 빛을 베풀고 있는……
주위는 봐도 봐도 불볕에 타는 황무지
지표에 가렸던 꺼풀을 모두 뜯어내
화끈거리는 근육이 벌겋게 드러난
구릉과 계곡이 섞바뀌는 황야는
지구 밖으로 튕겨져 나가 굴곡진 달 표면을 건너
메마르고 거친 협곡으로 돌진한다
퇴적과 침식이 반복된 사막은
움푹 패어 모래나 자갈 분지가 되거나
불쑥 솟아올라 거대한 산이 되거나……

태양과 바람에 대적하며 스스로 소멸함으로써
시간을 알리는 거대한 자연은
세상을 초월한 빛과 속력으로 지구상의 가장 거칠고 위대한
완강한 아름다움이었다

* 칠레 북부와 페루, 볼리비아에 걸쳐 있다. 안데스산맥 아래에 펼쳐져 있는 사
  막으로 세계에서 가장 건조한 사막이다.

우유니 사막
—산 페드로 데 아타카마 2

해발 사천삼백오십 미터
하얀 호수, 라구나 블랑카
이름 그대로 우윳빛 물색이다
안데스산맥에 솟은 시퍼런 하늘은
멀리 붉은 산맥에 뻗쳐 닿아 있을 뿐
다량의 광물이 함유된 호수에게 거부당한다

어쩌랴
무한한 시간이 일구어 낸 완벽한 색채
가늠할 길 없는 아름다운 대조를

존재의 의미
― 산 페드로 데 아타카마 3

사막이 허락하는 한 멀리까지 걸어가 본다
광활함과의 적나라한 대면이다
눈얼음 바람이 녹아 스치는 공기
수포가 지면에 부딪쳐 흔들리는 소리
강렬한 햇살이 발화하는 빛
막힘없는 공간으로 사라지는 적막

티끌 같은 시간을 견딜 뿐이었다

무한한 힘과 시간, 공간에 대하여
－산 페드로 데 아타카마 4

당신을 경외합니다
나는 당신의 뜻을 결코 이해할 수 없습니다
불볕이 거친 황야를 찍어 누르고
모래바람이 모든 것을 휩쓸어 가도
어느 날 갑자기
곁을 지키던 이가 먼지처럼 사라져도
'왜' 라고 묻지 않습니다

다만 무릎을 꿇습니다

라구나 베르데
―산 페드로 데 아타카마 5

구리가 많아서
구리 독성 때문에 어떤 생명체도 살지 못하는 호수
상상을 능가하는 푸른빛이다
해발 육천칠백 미터 메니그스 발치에 자리한
붉은 흙으로 빚어진 거대한 분화구 주위는
억만년 백설이 펼쳐져 있고

눈물로 위로받고
죽음 앞에서 다시 일어설 힘을 얻었다면……
인간의 의지로는 도무지 이해할 수 없는 자연은
언제나 앞질러 갔다

산 페드로 오아시스 마을
―산 페드로 데 아타까마 6

셀 수 없이 많은 별들이 흘러내린
차가움과 추위 완벽한 어둠과 고요
그토록 아름다운 방식으로
새 아침이 빛을 베풀어 작은 육신 가득히
에너지를 채워 주었다
뙤약볕 아래 먼지를 일으키는 흙담길과
나귀 방울 소리와 몇 그루 나무
나지막한 집들의 풍경은
낮의 뜨거움까지 견딜 수 있는 원기를 돌려주었다
멀리 황량한 산맥 안데스를 뒤로하며
떠오르는 강력한 태양은 기기묘묘한 붉은 흙으로
거칠고 거대한 모래판을 거침없이 벌려 놓고……

건조한 모래바람과 갈증에 굴복하지 않는 사막은
그 광포함으로부터 자신을 견디는 자에게
지혜를 선사하는 것이라

190

퇴적과 침식이 반복된 사막은
움푹 패어 모래나 자갈 분지가 되거나
불쑥 솟아올라 거대한 산이 되거나……
_시 〈완강한 아름다움 · 산 페드로 데 아타카마 1〉 중에서

인간의 의지로는 도무지 이해할 수 없는 자연은
언제나 앞질러 갔다
_시 〈라구나 베르테·산 페드로 데 아타카마 5〉 중에서

어느 날 갑자기
곁을 지키던 이가 먼지처럼 사라져도
'왜'라고 묻지 않습니다
_시 〈무한한 힘과 시간, 공간에 대하여 · 산 페드로 데 아타카마 4〉 중에서

사막이 허락하는 한 멀리까지 걸어가 본다
광활함과의 적나라한 대면이다
_시 〈존재의 의미 · 산 페드로 데 아타카마 3〉 중에서

건조한 모래바람과 갈증에 굴복하지 않는 사막은
그 광포함으로부터 자신을 건너는 자에게 지혜를 선사하는 것이라
_시 〈산 페드로 오아시스 마을·산 페드로 데 아타카마 6〉 중에서

어쩌랴
무한한 시간이 일구어 낸 완벽한 색채
가늠할 길 없는 아름다운 대조를
_시 〈우유니 사막 · 산 페드로 데 아타카마 2〉 중에서

7

페루

마추픽추 · 나스카

마추픽추 가는 길

마르고 볼품없는 선인장과 귀족 같은 라마
원색의 옷과 모자
보퉁이를 메고 가는 땅딸막한 인디오들
지나가는 풍경들이
이 시리고 쓴 것들로 입안을 채우지만
산세는 외따로 저마다 우뚝함이 도드라지고
안데스 기운은 도처에서 스며들었다
눈 덮인 봉우리의 위엄은 강렬한 햇살 사이에서
나타났다 사라졌다를 반복했다
인디오들이 만든 길을 조금 넓혔을 뿐인
절벽을 넘나들던 신비한 흔적과
수수께끼를 품어 안은 마추픽추
태양이 높아짐에 따라
경이로움은 시시각각으로 빛나고
빛이 맑아질수록 산빛 또한 진해졌다
쿠스코를 지나
대지의 끝 마젤란해협까지 내쳐 달려갔던 길
빽빽한 밀림을 배경으로 우르밤바 강이 우렁차게 흘렀다

잉카는 왜 무너졌을까

202

나스카

평원의 넓은 상공으로 오르자
외계인이 손 흔드는 그림이 시야에 들어왔다
팔십 미터 원숭이, 날개만 백이십 미터인 벌새
경비행기는 지상 그림을 하나하나 지날 때마다
빙글빙글 돌며 고도 낮추기를 반복했다
시공을 초월한 특유의 풍경은
신비한 착각을 불러 모은
가상공간으로 가는 극적인 초대였다
눈도 못 뜨고
식은땀이 흐르는 내 지독한 멀미로 하여
지상 그림을 더 이상 내려다볼 수 없었다
태양을 끌어안은 신이여 비를!
비명 같은 기도가 들리는 듯했다

오랜 세월 지워지지 않는 나스카 라인
누가 왜 저토록 메마른 황야에 거대한 그림을 그렸을까

쿠스코를 지나
대지의 끝 마젤란해협까지 내처 달려갔던 길
빽빽한 밀림을 배경으로 우르밤바 강이 우렁차게 흘렀다
_시〈마추픽추 가는 길〉중에서

잉카는 왜 무너졌을까
_시 〈마추픽추 가는 길〉 중에서

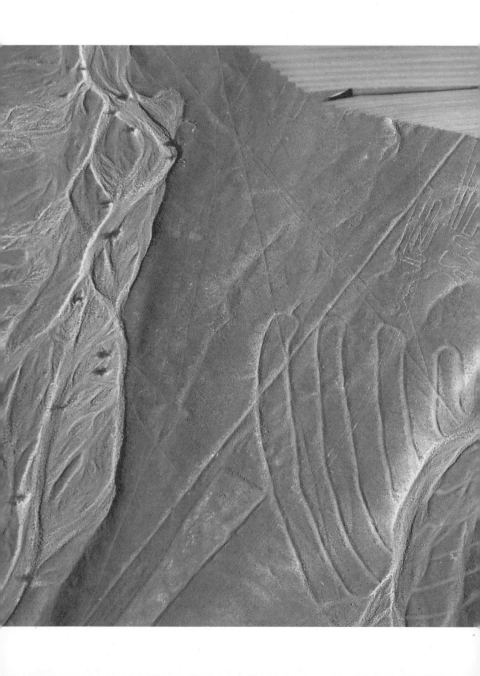

태양을 끌어안은 신이여 비를!
비명 같은 기도가 들리는 듯했다
_시 〈나스카〉 중에서

8

아르헨티나

이구와수 폭포 · 브에노스 아이레스

이구와수 폭포

세계 최대의 폭포
악마의 목구멍을 드러내기도 전에
심연을 삼킬 듯 웅장한 굉음이 점점 커졌다
하늘을 뒤덮는 물보라가 상승하는 것이 먼저 보였다
사 킬로미터에 걸친 수백 개 물줄기는
무너져 내리는가 하면 솟구쳐 올랐다
튀어 오르는 물이 쏟아지는 키를 훌쩍 뛰어넘고
뿌연 수증기가 기운차게 몸부림쳤다
어딘가로 꺼져 버리거나 하늘을 가를 듯한
영롱한 무지개도 여럿 걸렸다
물의 낙차는 사나운 비바람을 만들어
주위 밀림까지 흠뻑 적시고 지축을 흔들고 포효했다
막강한 힘 앞에선 불가능이란 없어 보였다
지구의 나머지가 모두 빨려 들어간다 해도
그 순간 이상할 것 하나 없었다

브라질과 아르헨티나에 걸친 대자연
천지간이 하얀 그대로 서 있을 뿐이었다

배낭 하나와 낡은 운동화

브에노스 아이레스 한인 민박집에서 보았다
방문을 열면 환한 빛이 쏟아져 들어오고
간이침대 곁에는 내 배낭이 놓여 있었다
넘칠 것도 모자랄 것도 없이
거기 그대로 멈춰도 좋을 것만 같았다
꼭 필요한 소지품을 담은 가방 하나와
몸을 뉘고 쉴 공간 외에 정작 무엇이 더 필요한가
남아메리카 끝자락까지 이민 온 우리 교포들도
새 삶을 그렇게 시작했으리라
세상으로 통하는 창문이 있고
일용에 쓰일 단출한 물건 몇과 옷가지
현관에 벗어 놓은 낡은 운동화
모든 욕망이 빠져나가는 순정한 상태로
나는 어른의 삶에서 좀처럼 들어오지 않는 단순함,
자유로운 얼굴을 보고 있었다

고국을 기억하는 얼얼한 가슴과 눈빛은 덤이었다

뿌연 수증기가 기운차게 몸부림쳤다
어딘가로 꺼져 버리거나 하늘을 가를 듯한
영롱한 무지개도 여럿 걸렸다
_시 〈이구와수 폭포〉 중에서

브라질과 아르헨티나에 걸친 대자연
천지간이 하얀 그대로 서 있을 뿐이었다
_시 〈이구와수 폭포〉 중에서

세상으로 통하는 창문이 있고
일용에 쓰일 단출한 물건 몇과 옷가지
현관에 벗어 놓은 낡은 운동화
_시 〈배낭 하나와 낡은 운동화〉 중에서

영적 성숙의 진경

공광규(시인)

배경숙 시인이 인도와 그 주변국에서 남미까지 일곱 개 나라를 유람하고, 그 감동을 아름다운 시집으로 내게 되었습니다. 천성이 자비로운 시인은 여행에서 만난 이국의 스님에게 '따뜻한 털옷을 선물해야' 겠다는 마음을 먹기도 하고, 가이드에게 인연의 '아쉬움과 연민을' 내려놓지 못해 자신의 '외투를 벗어 주'고 '모자와 마스크와 양말과 장갑'을 줍니다. 그러고도 미안하여 여행지에 '마음을 남겨' 둡니다. 이런 생래적인 자비심과 함께 많은 여행에서 얻는 삶에 대한 통찰이 시의 곳곳에 나타납니다. 특히 바라나시 화장터에서는 '불길 속에 타들어'가는 시체를 보고 슬퍼하는 것이 아니라, '자신을 바라'보며 '삶에 대한 회한을' 불러일으킵니다. 죽음을 보고 '어떻게 살 것인가'며 가슴을 치고, 죽음을 슬퍼하기보다는 '다만 이별을 아쉬워' 할 뿐입니다. 여행은 생각의 산파이고, 인간은 여행을 통해서 성숙된다고 합니다. 배경숙 시인은 오랜 여행을 통해 영적 성숙의 진경에 이르렀는데, 그 진경의 시적 형상이 이 시집에 고스란히 담겨 있습니다.

시(詩)로 인화(印畵)해 낸 여행 풍경

김호운(소설가)

"Every perfect traveller always creates the country where he travels."(모든 완벽한 여행가는 그가 여행하는 곳에서 항상 하나의 세상을 창조해 낸다)

관광을 위한 여행을 즐기다가 '여행의 참맛'을 찾기 위해 배낭여행을 시작한 뒤 얼마쯤 지났을 때 나는 그리스 작가 니코스 카잔차키스가 한 이 말을 발견했다. 물론 그 전에 이미 이 글을 읽은 적이 있지만, 그때는 허투루 읽고 지나쳤다가 배낭여행을 하면서 문득 생각나서 뒤진 끝에 다시 찾아냈기에 '발견'이라는 말을 서슴없이 한다. 마치 '여행의 참맛은 이런 거야.' 하고 해답을 던져 주는 것처럼 다가와 가슴 떨리게 했다.

이 말은, 여행자는 지금까지 자신의 생활환경 안에서 다듬고 쌓아올리던 그 모든 것들을 잠시 내려놓고, 오직 '지금, 여기'라는 말을 렌즈로 삼아 자신이 보고 느끼는 세상을 가슴에 담아야 한다는 메시지다. 지금까지 자신에게 붙여졌던 모든 수식어를 훌훌 털고, 그저 야생동물처럼 자유로이 자연 속으로 뛰어들어야만 비로소 여행의 참맛을 즐길 수가 있다는 의미도 된다. 〈보물섬〉의 작가 스티븐슨은 "존재하기 위해서, 생존하기 위해서, 떨쳐 버리기 위해서 여행한다."라고 말했다. 그가 한 이 말 역시 참 여행자의 모

223

습을 잘 묘사하고 있다. 야생동물에게는 오직 생존과 존재만이 최상의 명제요 살아가는 목적이다. 다만 인간은 생각하는 동물이기에 여기에다 '떨쳐 버려야 하는' 명제 하나를 더 부여한 것이다.

지금은 고전이 된 1989년에 개봉한 영화 〈죽은 시인의 사회〉가 문득 생각난다. 이 영화에서 지난해에 자살을 하여 세계 영화 팬들에게 충격을 준 로빈 윌리엄스(키팅 선생 역)가 학생들에게 입버릇처럼 외치는 말이 있다. "카르페 디엠(carpe diem)!"이다. '지금, 살고 있는 이 순간에 충실하라.'는 뜻의 라틴어다. 키팅 선생은 미래의 꿈을 쟁취하기 위해 현재의 아름다운 추억을 놓치고 있는 학생들에게 전통과 규율을 뛰어넘는 자유로운 정신을 가지라는 충고로 이 말을 시도 때도 없이 외친다. '카르페 디엠'이 이 영화를 통해 유명해졌지만, 사실은 2천 년이나 앞서 살았던 그리스 시인 호라티우스(Quintus Horatius Flaccus)의 시에서 먼저 언급이 되었다. "현재를 붙잡아라, 내일이란 말은 최소한만 믿어라."(Carpe diem, quam minimum credula postero.) 배낭여행은 바로 이런 자유정신을 붙들기 위해 충전하는 신선한 에너지다. 여행자는 새로운 여행지에 서면 늘 그렇게 새로운 인간으로 거듭 태어난다. 어제와 내일은 잠시 내려놓고 '지금, 살고 있는 이 순간'을 생각하며 "카르페 디엠!"을 외치는 게 여행자의 참 모습이다.

이런 여행을 하려면 철저히 혼자여야 한다. 여행이란 '가족과 함께'라든가 '친구와 함께' 아니면 '낯익은 누군가'와 함께 가는 거라고 생각하는 사람이 많다. 물론 그렇게 여행하는 것도 의미가 있다. 그러나 혼자 떠나는 여행은 그런 것과 다른, 새로운 세상을 보는 여행이 된다. 프랑스의 소설가이자 시인인 폴 모랑(Paul

Morand)은 "여행은 신의를 저버리는 일이다. 거리낌 없이 신의를 저버리자. 그리고 낯선 이들을 만나면 당신의 친구들을 잊자."라고 말했다. 앞서 언급한 말들처럼, 여행을 하려면 자신을 꾸미는 모든 수식어를 훌훌 털어 버리고 떠나라는 말과 같은 의미다. '둘이었다가 혼자가 되는 일은 고통스럽다'고 한 그의 말처럼, 이 쓰디쓴 고독이야말로 여행의 참 모습을 보게 하는 동시에 인생의 의미를 깨닫게 하는 열쇠가 된다.

외교관이기도 했던 폴 모랑은 자신의 여행 체험을 소설 〈밤이 열리다〉와 〈밤이 닫히다〉로 펴내 '코스모폴리탄 문학의 창조자'로 불린다. 이보다 200여 년이나 앞서 독일의 괴테가 『이탈리아 기행』을 펴냈으나, 여행 체험을 문학 작품으로 탄생시켜 새 지평을 연 폴 모랑과 달리 이 책은 말 그대로 기행문이다. 괴테는 1786년 9월 체코의 온천 마을 카를로비 바리(Karlovy Vary; 당시에는 독일 영토여서 이름이 '칼스바트'였다)에서 친구들을 초대해 파티를 열던 중 아무도 모르게 혼자 빠져나와 도망치듯 마차를 타고 어둠을 뚫고 이탈리아로 달려가 1년 반 동안 여행을 했다. 이 여행이 괴테의 삶과 문학 세계에 큰 변화를 가져다 주었다.

'여행'과 '문학'이라는 공통분모로 인해 배경숙 작가와 나는 시쳇말로 코드가 잘 맞는 벗이 되었다. 같은 길을 가는 문학인으로 그동안 다문다문 공식 모임 같은 데서 만나면서 얼굴을 익힌 사이이긴 했지만, 그가 배낭여행을 즐긴다는 사실을 알고 난 뒤부터 새삼 좋은 벗으로 발전했다. 서로 여행 정보를 주고받는 시간이 남다르게 즐겁기 때문이다. 요즘은 배낭여행을 가는 젊은이들의 수가 많이 늘어났다. 하지만 아직은 우리 나이 또래에, 더구나 여성으로 혼자 배낭여행을 즐기는 이를 만나는 일은 쉽지 않다. 물론 서양 사람들에게는 일상사지만, 아직 우리나라 여행 문화에서는 낯설다는 의미다. 여행에서 언어는 사실 그리 중요하지 않다. 여러 낯선 나라를 돌아다녀야 하는 여행자로서 방문하는 곳마다 그 나라 언어들을 모두 배워 갈 수도 없으려니와 그네들 또한 여행자가 낯설 수밖에 없기 때문에 피장파장이라 서로 통하는 점이 생기게 마련이다. 그저 이동하고, 숙소를 구하는 정도의 짧은 언어 실력만 준비하면 누구나 배낭여행을 떠날 수 있다. 대신 새로운 세상을 만나려는 모험심과 용기가 필요하다.

특히 우리 문단에서 배낭여행을 즐기는 분들은 그리 많지 않은 걸로 알고 있다. 언어 문제보다 그런 일에 익숙하지 않거나, 모험을 즐기지 않는 성격 탓일 것이다. 이런 여행 환경에서 배낭여행을 즐기는 배경숙 작가를 만난 게 더 반가웠는지 모른다. 배경숙 작가는 거의 매년 한 차례씩 배낭을 메고 여행을 다녀올 만큼 여행에 열정적이다.

몇 년 전 나는 100여 일이 넘게 유럽을 배낭여행하던 중 남프랑스 아비뇽의 유스호스텔에서 혼자 배낭여행을 온 나와 동갑내기인 한 미국 여성을 만났다. 그녀가 건네준 명함에는 직업이 'adventurer(모험가)'라고 적혀 있었다. '모험가'라는 직업(?)이 있다는 것도 특이했지만, 남편과 며느리와 손자까지 둔 적잖은 연배의 여성으로서 가족과 동행하지 않고 혼자 배낭여행을 다니고 있는 모습이 생소하면서도 매우 신선해 보였다. 그녀와 대화를 나누던 중 나는 언젠가 감명 깊게 본 영화 〈델마와 루이스(Thelma

& Louise))를 떠올렸다. 이 영화에서 텔마 역을 맡은 여배우 지나 데이비스는 이렇게 말한다. "그저 눈만 뜨고 있었을 뿐, 아직 한 번도 깨어 있는 느낌을 가져 본 적이 없어." 이 대사 하나가 20여 년이 훨씬 지난 지금까지도 나에게 이 영화를 기억하도록 만들고 있다. 여행은 이렇게 사람을 깨어 있게 만든다. 나는 배낭여행을 즐기는 배경숙 작가에게서 아비뇽에서 만난 푸른 눈이 반짝이던 이 '모험가'를 떠올렸다.

지난해 말, 세 번째인가 인도 여행을 다녀온 배경숙 작가가 '여행 시집'을 묶는다는 말을 했을 때 나는 그의 열정에 또 한 번 놀랐다. 내 시야가 넓지 않아서인지는 몰라도, 여행을 주제로 한 시는 많이 봐 왔지만 '여행 시집'을 본 기억이 없어 이 또한 이 분야의 개척자가 아닌가 싶어 놀란 것이다. 물론 여행 단상을 주제로 한 시집은 더러 있지만, 이번에 묶은 배경숙 작가의 여행 시집 『배낭 하나와 낡은 운동화』는 좀 남다르다. 세계 여러 지역을 여행한 체험기를 시집으로 묶은 것이어서 아마도 우리 문단에서 이 분야에 첫 돌을 놓은 게 아닌가 싶다.

이번의 놀라움은 사실 '부러움'이다. 배경숙 작가는 시인이기도 하고 소설가이기도 하다. 소설가로 등단하기 전에 이미 여러 권의 시집을 펴내며 활발하게 활동하는 중견 시인이다. 이 여행 시집에 과분하게도 글을 싣는 영광을 얻었기 때문에 마땅히 그를 '시인'으로 불러야 옳겠지만, 내가 소설을 쓰는 사람이라 그런지 몰라도 나는 '작가'로 부르는 게 더 편하다. 어쩌면 내가 쓰지 못하는 시를 쓰고 있어 더 그러는지 모르겠다. 여행을 하면서 그때그때 떠오르는 단상과 체험들을 짬짬이 메모했다가 상황에 따라 시로 표현하기도 하고, 때로는 소설로도 집필하는 걸 종종 봐 왔기 때문에 배경숙 작가가 내겐 부러움의 대상일 수밖에 없다. 여행 문학의 지평을 열어 코스모폴리탄 문학의 창조자로 불리는 프랑스의 폴 모랑도 시인이자 소설가였다.

언젠가 낯선 곳을 여행을 하다가 나는 김춘수 시인의 시 〈꽃〉을 떠올린 적이 있다. 내 여행 스타일은 좀 독특하다. 물론 배낭을 메고 떠나는 걸 좋아하기도 하지만, 여행지에서 웬만한 거리는 대중교통 수단을 이용하지 않고 걸어서 찾아다닌다. 그래서 하루 평균 일여덟 시간은 좋게 발품을 팔며 걷는다. 시내 지도를 들고 잘 통하지도 않는 언어로 손짓발짓 동원해 가면서 물어물어 목적지를 찾아가는 생고생을 사서 한다. 내가 이런 스타일의 여행을 좋아하는 건 목적지 하나를 달랑 보고 찾아가는 단순한 여행을 좋아하지 않기 때문이다. 그렇게 짧은 언어 실력으로 물어물어 길을 더듬어 목적지에 가다 보면, 그 여정에서 전혀 예상하지 못했던 새로운 세상을 만날 수가 있다. 평범한 가정집에 초대되는 영광을 얻기도 하고, 길거리 음식도 만나고, 낯선 현지인과 대화하며 그들의 문화를 피부로 느낄 수도 있다. 내가 본 이런 모습들은 같은 도시를 여행했지만 그 누구도 체험하지 못한 나만의 소중한 체험이 되는 것이다.

우리가 아는 여행지의 정보라는 것은 앞서 여행한 누군가의 소개를 보고 알게 되고, 또 그 궤적을 더듬어 그곳을 찾아가게 된다. 그렇게 쳇바퀴 돌 듯 여행하다 보면 모두가 같은 길을 걸어 같은 장소에서 같은 사물을 보고 올 수밖에 없다. 나는 이게 싫어서, 새로운 무엇을 만나고 싶어서 이런 여행을 즐긴다. 그래서 김춘수 시인의 '꽃'이 생각난 것이다. '내가 그의 이름을 불러 주기 전에는/ 그는 다만/하나의 몸짓에 지나지 않았다//내가 그의 이름을 불러 주었을 때/그는 나에게로 와서/꽃이 되었다'라고 노래한 김춘수 시인의 '꽃'처럼, 여행자가 '그날 그곳'에서 보고 느끼지 않았으면 '그곳'은 그저 하나의 몸짓(사물)에 지나지 않았을 것이다. 여행 자가 그 자리에서 보고 느끼며 이름을 붙이고 생명력을 불어넣었 을 때 '그곳'은 아름다운 생명을 가진 '꽃'으로 거듭 태어나는 것 이다.

내가 이렇게 다른 이의 시를 가져와 나의 느낌을 확인하고 있을 때, 배경숙 작가는 이 느낌을 여행 시로 탄생시키고 있었다. 이것은 시인만이 가질 수 있는 특권이다.

저마다 가야 할 곳이 있었다
신의 축복을 비는 농부의 발원도
뱃속 깊은 장사꾼도
목적지를 모르는 아기의 무심한 여행도
떠도는 성자의 정처 없는 발걸음도
여행을 나서는 떠들썩함 위로
세속의 옷 속에 감춰진 환상이 또렷이 드러났다
옅은 안개가 세찬 바람과 함께했고
햇살은 천공에 드리운 적막과 짝을 이루며
지상의 마지막 공기처럼 내리꽂혔다

_〈알치 가는 길·라다크 1〉 중에서

멀리 눈을 뒤집어쓴 안데스가 있고

지평선 밑둥 끝까지 태양이 작열하는 땅

황량한 대지는 온통 주홍빛이다

무자비한 붉은 흙먼지가

울퉁불퉁 달리는 승합차 뒷바퀴에서 거대한 날개를 펼친다

타들어 가는 햇살만이 소금사막에서 천연덕스럽다

플라밍고에 매혹된 붉은 호수가 나타나자

무릇 사랑에 빠지는

한순간 또는 한 시절을 목격한다

생존을 갈망하는 영양소를 다 퍼주고

아낌없이 빛을 베풀고 있는……

_〈완강한 아름다움·산 페드로 데 아타카마 1〉 중에서

황량하고 삭막한 라다크와 안데스를 여행하면서 시인의 시선에
는 삶의 진솔한 모습이 포착된다. 이곳을 여행한 여행자라면 누구
든 나름대로 자신만의 그림을 그리고 있었을 것이다. 사진 속에서
본 웅장하고 아름다운 대자연의 모습에 매료되어 찾아갔다가 메
마른 땅이 어지럽게 펼쳐져 있어 조금은 실망했을지도 모르고, 때
로는 이런 낯설고 웅장한 자연 앞에서 경외감을 느끼기도 했을 것
이다. 그러나 그곳에 사는 이들에게는 그저 하나의 평범한 일상의
모습일 뿐이며, 지난한 삶을 이어 가는 힘겨운 나날이 존재하고
있을 것이다. 하지만, 이런 삶을 원망하기보다는 오히려 아름답게
가꾸기 위해 신에게 의지하며 자신을 낮추고 살아가는 그곳 사람
들에게서 위대한 신의 모습을 발견하는 이들도 있다. 시인의 시선

은 남다르다. 이런 다양한 모습들을 모두 한눈에 담는 깊은 성찰이 존재하기 때문이다. 〈알치 가는 길 · 라다크 1〉과 〈완강한 아름다움 · 산 페드로 데 아타카마 1〉을 읽으면 이런 모습이 그림처럼 아련하게 비쳐진다. 이 시들을 읽으면 '나도 언젠가 그 자리에 꼭 서 보고 싶다'는 충동을 느끼게 된다. 이게 시의 힘이다.

　이제 나도 한 사람의 독자가 되어 이 시집 『배낭 하나와 낡은 운동화』에 수록된 나머지 시들을, 아니 배경숙 작가가 여행했던 그 낯선 땅들을 뒤밟으며 찬찬히 구경해야겠다. 시인의 렌즈를 통해 풍경을 찍고 인화(印畵)해 낸 시들이어서 향기까지 배어 있을 것이다. 그러면서 이참에 나도 '어디로 떠날까' 궁리하며 배낭 꾸릴 꿈에 부풀 것이다.

나를 찾아가는 시

오만환(시인 · 국제펜클럽 한국본부 이사)

한국문인산악회에서 산을 오르내리며 문학 담론을 나누는 배경숙 시인의 여행 시집 『배낭 하나와 낡은 운동화』 초록(抄錄)을 읽었다.

여행을 위해 얼마나 많은 짐을 쌌던가 그리고 풀었던가. 삶 자체가 어디서 끝날지 모르는 여행이다. 여러 나라의 풍광과 길 위에서 생각을 얻고 빛과 시(詩)를 만난다. 나를 찾아가는 시상들이 공감을 주고 여운이 오래 남는다.

섬세한 묘사에 사진이 들어가는 '포토포엠'의 장점도 잘 살려서 형상화를 돕는다. 하늘과 절벽만을 마주한 극지, 광활한 언덕 그 길은 종교를 초월하고 신비로움을 준다. 해맑은 웃음에 실린 슬픈 위안을 믿고 싶다는 독백과 함축, 여기서 꽃잎을 모아서 마음을 움직이는 시의 깊이, 폭탄은 아닐지라도 잔잔한 울림을 받았다.

책상 위 담론이나 머리로 쓰는 시의 한계를 툭 털어내고 배낭 하나와 낡은 운동화만을 믿고 가볍게 떠나서 자유로운 영혼이 발과 가슴으로 경작한 이 시집, 한국 시의 넓이와 깊이에 기여할 것을 믿고 독자에게도 큰 기쁨을 줄 것을 기대한다.

배경숙의 詩세계

유양휴(시인 · 수석평론가)

배경숙 시의 자양은 여행이다. 20여 년 동안 여행을 계속해 왔고 어느 시인보다 많은 여행 시를 써 온데서 이를 어렵지 않게 가늠할 수가 있다. 여행이란 무엇인가 드넓은 세계를 경험하면서 자신의 내면세계를 넓히는 것을 말한다. 『고백록』과 『행복론』을 썼던 이탈리아의 신학자 성 아우구스티누스는 "이 세상은 한 권의 책이다. 여행을 하지 않은 사람은 한 페이지의 책을 읽는 것이지만 여행을 즐기는 사람은 한 권의 책을 다 읽는 것과 같다."고 한 명언처럼 배경숙은 여행을 통해 자신의 삶을 기름지게 하고 그 속에서 시적 영감과 자양을 얻어 온 것이 분명하다.

> 함께해도 좋고
> 홀로라도 좋고
>
> _〈가벼운 여행자〉 중에서

배경숙은 자신의 여행을 이처럼 가볍게 노래하고 있다. 여행이 조금도 긴장되거나 설레지 않고 가볍고 편하다는 것은 그의 생활 깊숙이 여행이 자리 잡아 일상화되고 체질화되었다는 말이겠다. 그래서 배경숙은 때 없이 어디든지 여행을 떠나고 어디서나 머물 수 있으며 머무는 그곳이 편안한 생활공간이 될 수 있는 것이다.

　브에노스 아이레스 한인 민박집에서 보았다
　방문을 열면 환한 빛이 쏟아져 들어오고
　간이침대 곁에는 내 배낭이 놓여 있었다
　넘칠 것도 모자랄 것도 없이
　거기 그대로 멈춰도 좋을 것만 같았다
　　　　　　　　　　　　　_〈배낭 하나와 낡은 운동화〉 중에서

　여행이 일상화되고 체질화된 배경숙의 여행 시는 삶에서 녹아 든
끈끈함과 여행을 통해 채워진 낯선 것들에 대한 호기심과 긴장이
잘 용해되어 시의 신선함과 시를 읽는 재미를 더해 주고 있다.

　대한민국 황금비율 커피로 여행의 묘미를 즐길 수 있다
　피 같은 고추장은 비상으로 아껴 두고
　안남미와 감자 양파 계란 당근 콜리플라워는
　현지에서 구하고
　귀하고 귀하신 한국산 라면 스프를 넣고
　잽싸게 전기 보트에다 죽을 끓인다
　한없이 행복한 웃음을 짓는다
　아, 따뜻하다
　머리 아픈 욕심은 잠시 접어 두고
　우리 저녁 맛있게 먹자
　　　　　　　　　　　　　_〈이름 없는 죽 · 다르질링 6〉 중에서

여행의 고마움은 스스로를 가장 적나라하게 살필 수 있고 더없이 겸손해질 수 있다는 점이다. 고국의 라면 한 봉지에서도 진정한 행복과 감사함을 느낄 수 있는 마음, 이는 여행이 안겨 준 가장 큰 고마움이고 미덕이다.

이번 출간한 배경숙의 제9시집 『배낭 하나와 낡은 운동화』를 통독하고 난 소감은 여행을 즐기는 사람들이 지닌 생활에 대한 인식과 태도는 평범한 생활인들과 매우 다르다는 점이었다.

대다수의 사람들에게 있어 여행은 일상적 생활과 구분된 여가로 인식되고 있으나 여행가들에게는 살아가는 모든 것들이 여행이고 일상화된 삶이라는 인식을 지니고 있는 듯싶다. 다시 말하면 우리들의 삶 자체를 잠시 한세상을 살다 가는 여행으로 인식하는, 삶을 매우 단순화시켜 바라보는 자유로운 인생관과 세계관을 지니고 있다는 생각이다.

이번 배경숙의 제9시집 『배낭 하나와 낡은 운동화』는 바로 이런 인생관과 세계관을 보여 주고 있어 흥미로운 것이다. 그리고 이런 인식과, 시각과, 해석은 생존을 위한 치열한 삶과 휴식으로서의 여행을 구분지어 노래해 온 시의 영역에도 신선한 새바람이 되리라 확신하며 배경숙의 제9시집 『배낭 하나와 낡은 운동화』 발간을 축하한다.

시처럼 살아가는 시인

임윤식(시인 · 월간 시사종합지 '오늘의 한국' 사장)

배경숙 시인은 시인이자 소설가이며 동시에 여행가이다. 필자가 배경숙 시인을 알게 된 것은 한국시인협회와 강남시문학회에서였다. 배 시인은 삶이 늘 여유롭다. 몸도 자유스럽고 마음도 여유로워 보인다. 그리고 특히 열정적이다. 필자도 섬 여행이나 등산을 무척 즐겨하는 편인데 배경숙 시인은 그런 분야에서도 나보다 훨씬 베테랑이다. 이삼십 년 전부터 이미 우리나라의 주요 섬들을 탐험가처럼 돌아다니기 시작했고 틈만 나면 산에 오르기도 한다. 국내뿐 못지않게 해외여행에 있어서도 배 시인은 상상을 초월한다. 직장에서 국제 업무를 수십 년간 맡았고 영국에서 4년간 산 적이 있어 외국을 꽤나 돌아다녔다고 자부하는 필자도 배 시인 앞에서는 명함 내밀기가 쑥스럽다.

지구촌에서 그녀의 발길이 닿지 않은 나라는 별로 없을 정도이다. 배 시인은 여인의 몸인데도 두려움이 없다. 배낭 하나 둘러메고 문명의 빛이 제대로 미치지 않은 지구촌 오지, 험난한 땅을 거침없이 누비고 다닌다. 미국, 서유럽 각국과 동유럽, 러시아, 중국, 인도, 동남아 국가들은 물론이고, 일반인들이 쉽게 갈 수 없는 나라, 예를 들면, 불가리아, 마케도니아, 남미의 아르헨티나, 칠레, 페루, 심지어는 남극으로 가는 마지막 길목, 사람이 사는 섬으로서

236

는 마지막 섬인 포클랜드에서도 5개월간이나 머문 적이 있다. 인도
는 몇 개월, 몇 번에 걸쳐 여행하면서 북부에서 남부 지역까지 그
넓은 땅을 샅샅이 훑고 다녔다. 북부 라다크 지역에서는 죽을 뻔
할 만큼 매우 위험한 고비를 넘긴 적도 있고, 티벳과 네팔 여행에
서는 트레킹 도중 실수로 팔이 부러져 중도에 여행을 포기하고 돌
아온 적도 있다.

수년 전 진도 동석산을 올랐을 때의 일이다. 섬 여행을 간 김에
등산을 좋아하는 배 시인과 이숙희 시인 그리고 필자가 호흡이
맞아 함께 동석산을 오른 적이 있다. 동석산이 험하다는 건 알고
있었지만 두 분 여류 시인들의 등반 실력도 잘 알고 있었기에 별
부담없이 산행을 시작했다. 그런데 중간에 길을 잘못 들어 본의
아니게 바위절벽을 타게 됐다. 자일 등 아무런 암벽등반 장비도
없는 터라 필자는 겉으로는 태연한 척했지만 속으로는 무척 걱정
이 됐다. 이 산은 섬 산이라 높지는 않지만 꽤 험한 바위산으로 루
트에 따라서는 정식 암벽등반 장비를 갖추고 올라야 하는 곳도
있었다. 그런데도 두 시인은 조금도 두려워하는 기색도 없이 오히
려 필자 앞에서 모르는 루트를 개척해 나갔다. 마치 바위타기를
즐기는 듯. 그 정도였다.

오래전 북한산 비봉을 올랐을 때도 마찬가지였다. 진흥왕순수
비가 있는 비봉 정상은 바위절벽이라 오르기가 만만치 않은 곳이
었다. 특히 암벽등반 경험이 없는 여성의 경우에는 꽤 공포감이 느
껴지는 곳이다. 일행 중 모든 여성 산우들은 비봉 오르기를 포기
했는데 배경숙 시인만 유일하게 아무 거리낌없이 필자를 비롯 몇
몇 남자 산우들과 함께 비봉 정상을 오른 적도 있다.

시도 소설도 참으로 섬세하게 쓰고 늘 여성스럽고 온화한 분인데 배경숙 시인의 어디에서 이런 놀랄 만한 용기와 도전정신이 솟아난단 말인가? 시처럼 멋지게 살아가는 여인, 배경숙 시인에게서 한 편의 아름다운 시를 느낀다면 과장일까?

피가 밴 고행의 흔적

차한수(시인·문학박사)

배경숙 시인의 이번 시집은 세계의 많은 나라를 몇 년을 거쳐 순방하면서 발로 쓴 97편의 여행 시로 구성되어 있다.

이 시편들은 한마디로 피가 밴 고행의 흔적이다. 이는 단순한 즐거움이나 휴식을 위한 평범한 여행이 아니다. '인간의 죄를 씻기 위해/그동안 너무 무거운 짐을 안고 살았지/모든 것은 변한다 쉬지 않고 정진하라' 부다의 유언에서 보듯이 시인은 그러한 수행의 공덕을 쌓기 위한 고된 여로를 선택한 것이 아닌가 싶다.

시인은 생사를 초월한 영혼과 세속의 옷 속에 감춰진 환상을 체험하며 배낭 하나와 낡은 운동화로 꿈꾸는 사람들이 살고 있는 수많은 오지를 주유하였다. '사람들은 움막에 틀어박혀/오로지 유월의 신록을 기다린다/핏줄마저 얼지 않기를/보릿가루 한 줌으로/자신의 체온만을 보존한 채' 살고 있는 사람들을 만나고, '계곡과 절벽과 풀꽃을 보며/다만 산을 걸었다/어디로 갈지/어디서 멈추어야 하는지/알 수 없는 계단 길을 수없이 오르며' 새로운 빛을 발견한다.

시인은 생사를 초월한 사람들을 만나, '넓은 하늘에 붉은 점 하나 떨어진다/다가오는 저녁을 온몸으로 바라본다' 그리하여 '하늘이 참 가깝다'는 것을 알았다는 것이다. 시인은 외친다, '너무 답답해서 창문을 열었어/시원한 바람과 반짝이는 세상이 보였어'라고!

함께 섬에 가요

편부경(독도 시인)

눈을 뜨면 배를 밀고 당기는 바다 바라기로 시작하는 여기는 동해안 북단, 걸려온 전화 너머 목소리는 쨍한 맑음의 배경숙 시인이시다. 배 시인의 시편들 중에는 읽을 때마다 나를 설레게 하는 섬이나 여러 나라를 여행하며 우려낸 작품들이 많다. 특히나 이번엔 오래고 다양한 여행 경력의 종합편 같은 시집을 펴내신다니 축하와 더불어 내심 놀랍고 기대감 또한 큰 것이 사실이다.

배경숙 시인의 시편을 읽노라면 평소 도란도란 들려주던 이야기와 한 톤 높은 웃음소리가 가까이에서 느껴져 마음까지 따스해지기도 하는데……

인생에서 가장 높은 지수의 스트레스라는, 겪어 보지 않고서는 상상조차 불가한 아픔을 당하고서 얼마 지나지 않아 먼 길 나섰다는 소식을 접한 지 오래지 않은데 어느 사이 돌아와 시집을 준비 중이시라니 놀랍기도 하고 그 정신력과 에너지는 과연 배 시인답다는 생각이 든다.

'따가운 볕이 품은 단단한 빛의 일부'가 분명한 배경숙 시인의 시집 『배낭 하나와 낡은 운동화』 상재를 진심으로 축하드리며 언젠가 배낭 하나씩 짊어지고 가까운 섬에라도 함께 다녀올 날을 기대해 봅니다. 건강 잘 챙기세요. 사랑합니다.